聽說，我喜歡你

Because of you

by Sophia

作品集10

pre.

一切都從一瓶礦泉水開始。

沒錯，礦泉水。

其實我也希望能以浪漫或華麗的方式進行開場，即使不能優雅的轉圈，至少也不要留下一絲狼狽的痕跡；然而現實總是與期望背道而馳，越是不想就越往另一邊奔去，於是人就會發現，自己打從踩過那道隱形的岔路瞬間起，便已經深深陷入難以掌控的棋局。

當然，此刻趴在男孩身上的我還無法領悟這一點。

「好痛……」

「同學，妳可以先離開我的身上嗎？」

男孩胸膛散發著淡淡的肥皂香氣，非常清爽彷彿能鎮定人心一般，而我混亂的思緒確實稍微鎮定了點；然而我的精神尚未安全落地，我突然意識到自己正處於極其不妙的境地。

地上。一個女孩撲倒在一個男孩身上。圍觀者眾。

姑且不考慮在地板上打滾的狼狽，也先擱置女孩撲倒男孩的曖昧，甚至往好處想，即使圍觀的人數不少，也還是能嬌嬌弱弱地起身無辜的表示「我踩到水跌倒了，真對不起被當成肉墊的男同學呢」，即使會被笑上幾天也無傷大雅，只是——

狀況沒有那麼簡單！

因為肉墊男孩是「那個唐泓安」。

全學年排名第一，理科競賽常勝軍，一扔出名字眾人就會露出「我懂我懂」的表情的唐泓安。

大家懂什麼？

當然不是懂他的優秀，而是懂他的「氛圍」。

優秀是一體兩面的，他的學霸氣場恰好凸顯出他的整體違和感：不修邊幅的外貌，大概十年沒剪過的厚重瀏海，搭配也許是傳家古物的眼鏡，衣服褲子無處不寬鬆，性格冷僻不愛搭理人，更別說他偶爾還會無視他人尷尬安然自得地活在自己的小宇宙……

概要就是：唐泓安是個出名的孤僻理科宅。

而我恰好相反。

我則是無論做什麼都會被貼上溫柔氣質標籤的可愛少女。

不過我想，我的標籤是敵不過唐泓安的氣場的，一想到只要抬起頭就會必須和他畫上連結線，我的心就直直往下墜。

我不討厭唐泓安，我也認為他很無辜，但人們的輕蔑與流言根本不會在乎誰的無辜。

「妳到底起不起來？」

如果他不提，我確實很想逆向將腦袋深深埋進他的胸膛，當然不是「撲到王子懷裡打死都不願意離開」的劇情，而是我極度不願意被圍觀的群眾認出來。

要是在「期中考全部科目不及格」和「被認出來」兩者之間，我絕對會選擇前者。

我不想成為話題中心。還是丟臉的那一種。

然而事到如今我也沒有其他退路了。

當我鼓起勇氣預備撐起身體時，才離開男孩胸口三公分不到我又再度讓臉埋進他的肩窩，死命地貼著。

「是誰啊？居然撲在唐泓安身上，也太不挑了吧。」

「我要拍下來上傳。」

專屬於少女黏膩而高亢的嗓音，正以嘻笑交錯在我的周旁，而且聲音讓我熟悉到能精確地講出她們的一百個討人厭的理由。

我才明白，人生最慘的境地不是掉進地獄，而是在你掉進地獄之際你的死對頭們還興高采烈地準備讓妳知道其實地獄之下還有更深的地獄可以往下掉。

討厭的蒼蠅真是無所不在。

嗡嗡嗡地拍打著翅膀，徹底擾亂了四周人們的精神，而處在這種狀態下，人往往會做出非常荒謬的判斷。

而我好巧不巧正處於這種狀態。

於是此刻的我便用力扯住男孩的襯衫，顧不得害不害羞這種低層次的問題，或者之後該怎麼辦這類太長遠的考慮，拿出「我要以這種姿勢存活下去」的氣勢抵抗他的推阻，一股奇異的熱燙伴隨著清晰的心臟跳動傳遞而來，我能感覺他周旁越發濃厚的怨念，但我沒有退路，只能牢牢地抓住他。

毀掉一個男孩的灰階青春，以及毀掉一個甜美少女薔薇色的世界，很遺憾，這從來就不是選擇題。

「我不要起來。」

「什、什麼？」

「我不要被認出來。」

「妳——」

我聽出男孩未竟的話語裡頭明顯的咬牙切齒。

男孩的掌心貼上我的雙臂，接著猛力抓住，最後拚了命地試圖將我推開，而我無從選擇，從決定將頭埋進他胸口那瞬起，擺在我面前的便只有一個選項。

死命地貼緊他。

「不、要、抓、住、我。」

「絕對不會放開你。」

曾經我以為，認為男女情愛最好理智而有禮的我斷不會對哪個異性喊出如此狗血又毫無美感的句子，我錯了，果然一個只有十七歲的少女是沒有資格狂妄的斷言未來的。

少女的人生，每分每秒都可能產生劇變。

「我會賠罪的，撐過這一刻我一定會賠罪的，而且，你都已經被看見了，多被看幾分鐘也就那樣了，但是，但是我……嗚嗚嗚……」

「不、要、裝、哭。」

「要我真哭嗎？」我咬著唇，雙手還是不懈怠地緊緊抓住他，「需要一點時間，但我會努力的。」

總感覺男孩胸口的起伏忽然變得有些不規則。

呼吸似乎也變大聲了。

四周圍觀的人依然熱烈地討論著，甚至開始有人起鬨要把我拉起來，我開始感到慌張，要是被強行「攙扶」起身，比起一開始就自己爬起來，結果更加惡劣。

簡直像被懸吊在斷崖邊一樣。

「怎麼辦、怎麼辦啊……」

「閉嘴。」

他低啞地吼了聲，我委屈地咬著唇，雖然明白他和我一樣倒楣，但被「受難的小夥伴」喝斥還是讓人感到難過，我逼著自己鬆開手，卻還是凝聚不足起身的勇氣。

像是無視我內心世界的糾結與掙扎，男孩不斷扯動他的右側身體，啊，他也很努力啊，說不定他壯士斷腕一般決定兩個人一起滾到世界盡頭，再也不要踏進這個傷心地——

我飄離的思緒猛然被扯回。

奇異的黑暗籠罩住我的視野，世界就是如此黑暗，不、不對，我扭了扭脖子，蓋住我的腦袋的應該是一件衣服。

「慢慢爬起來，我會抓住妳。」

「……嗯。」

因為我整個腦袋都被蒙在衣服裡頭，只能完全依賴男孩的帶領，好不容易站起身，他的手突然強勢地摟住我，並且順勢讓我的腦袋貼靠在他胸前的凹谷。

接著一步步往外走。

蒙著一層布的世界非常神奇，能夠很清晰地聽見四周的鼓譟，卻又彷彿來自極為遙遠的他方，我不太能找到真正適當的形容，但我卻深深地記住兩個人移動的腳步聲，像重重的頓點，一下、一下地扎入心底。

世界沒有改變，卻彷彿完全變了。

「沒有人了。」

「嗯？」

我愣了一陣才理解男孩的話意，小心翼翼地扯開蓋在頭上的衣服，這才發現我手上拿著的是自己不久前脫下的運動外套，明明披在椅背上的……

啊——

彷彿在手邊找到某塊關鍵的 圖一樣，我想起方才他右側身體不自然的扯動，我稍微估算了「躺在地上的男孩」與「椅背上的運動外套」之間的距離，似乎可以想見他的奮力。

於是我下意識地露出甜美的微笑。

「謝謝你……」

得到的卻是一個白眼。

我的唇角殘留著不自然的弧度，雙手不自覺拉扯運動外套，簡直尷尬到無以復加，對了，罪魁禍首，就是這件該死的外套，一切都是它害的。

要不是為了把它放在椅背上，也就不會弄倒擺在桌上的礦泉水。

要不是弄倒擺在桌上的礦泉水，也不會沾濕他的褲子。

要不是沾濕他的褲子，我也不會慌張地想拿面紙給他。

要不是慌張地想拿面紙給他，我也不會踩到灑落在地板上的水漬。

要不是踩到灑落在地板上的水漬，我也……

也不會撲倒在他的身上——

「那個……」

「嗯？」

「你可以幫忙保密嗎？」

他狠狠瞪了我一眼，我不自在地撇開眼，卻不巧落在他微濕的褲襠，位置有點微妙吶，但還是視而不見比較好，千萬不要激怒一個已經在生氣的人，這是常識。

「妳、在、看、哪、裡？」

他猛然側過身，任憑我拚命晃著腦袋他依然用著非常可怕的眼神瞪視著我，我本以為沒有比憤怒更可怕的表現法了，但下一秒鐘他旋即推翻我的以為，他、他居然笑了。

冷冷的笑了。

他往前踏進一步。

我遏制不住往後退了一步。

他又走了一步。

我也……沒、沒路了，堅實的牆壁無情地阻擋住我想拉開兩人距離的期盼，我只能無力地目睹他的進逼，最後停在腳尖抵住腳尖的位置。

啪的一聲——

他的兩個掌心猛力拍打上牆壁，少年、手不痛嗎？但他的手痛不痛不是此刻的重點，而是我完完全全被他箝制在兩手之間，抬起頭就迎上他不懷好意的冷笑。

「要我保密，妳打算付出什麼代價？」

「代、代價？」

「妳不會那麼天真以為給個傻笑，別人就會無條件幫妳吧。」

我當然沒那麼想。

不過，「笑一下」通常還是能得到不錯的結果。

「那你……你想要怎麼樣？」

「暫時還沒想到。」

他收回雙手，往後退了兩步，臉上的冷笑消失無蹤，彷彿所有的一切都只是我的幻想；他彎腰撿起我沒拿穩而滑落在地的運動外套，說不定剛剛真的只是我的幻想，我默默鬆了口氣，但下一刻，卻又迎來劇烈的轉折——

伸出手想接過他手上的外套，嘴角又習慣性的揚起漂亮的弧度，然而外套卻擦過我的指尖，精準地砸上我的腦袋。

砸上來的還有另一句話：

「不要傻笑。」

□

深呼吸。

淺淺地吐氣。

我以若無其事的淡然表情踏進教室，卻小心翼翼地繃緊每一條神經，深怕哪一個踏步會不小心踩空，一眨眼就掉進某個坑洞摔得四腳朝天。

過去的十五分鐘我來回晃蕩在鮮少有人經過的美術大樓前進行心理建設，反覆告訴自己，一個足以成為漩渦的八卦首要條件必須有個惹人注目的人站在中心，而唐泓安並不是。

然而，堅持到最後依然沒露臉的女孩卻又帶著勾起人好奇的戲劇性……

「反正沒人會聯想到我身上……」

「嗯。」我握緊垂落在身側的雙手，「我只是覺得悶去散個步，任何的八卦都跟我沒有關係。」

我安靜地走到自己的座位，虛張聲勢地拿出抽屜裡的筆記，物理，運氣真差，有種糟糕的預感。

無聊平淡的生活之中，人或多或少會有屬於自己的儀式，無論實際的效用如何，心情百分之百會受到左右，例如外出時沿途的所有路口都是綠燈，就會讓人有種「今天真是順暢」的愉快感，久而久之某些日常就會衍生出某種近似占卜的聯想，比如我疊在抽屜裡頭的筆記本。

抽到物理就是下下籤。

「欸，妳有聽說嗎？」

「聽說什麼？」

詩晴興奮地湊近我的面前，小兔子一般的雙眼水汪汪地眨著，她是一個喜歡湊熱鬧的人，簡單歸類的話，大概屬於「想把所有安靜場面都摧毀」的類別吧。

僵硬地揚起嘴角，不要傻笑，不知為何他冷冷的聲音突然跳出，我抬起右手，不自然地遮掩住自己的唇，但整顆心都撲在「新流言」上的詩晴絲毫沒有察覺我一連串的動作。

「那個唐泓安啊……」

果然。

下下籤。

我的心咯噔一聲直直掉往黑洞，桌上攤開的物理筆記像在嘲笑我一樣，我迅速將筆記本闔上胡亂塞進抽屜裡，眼不見為淨。

「怎、怎麼了嗎？」

「聽說啊，」她以非常討人厭的語調拉著長音，順著她的視線望去，我不期然對上流言主角的雙眼，「他剛剛在社團教室跟女朋友被撞見正在，就，妳知道的。」

我怎麼會知道？

差一點我就要尖叫出聲，女、女朋友就算了，這點程度的扭曲還在我的承受範圍內，但現下根本不只被繞了三圈，簡直是有哪個人蓄意東折西綁，編織成和事實截然不同的物體啊。

根本超越了指鹿為馬，簡直是把長頸鹿描繪成非洲象的程度了啊，不不不，那就只是非常單純的跌倒而已，也沒有戲劇性的親吻或是扯破衣服啊，所以我說啊……喔、我沒有任何說明的立場。

「是……是喔。」

「妳的反應也太冷淡了吧。」詩晴有些不滿地嘟起嘴，但不到三秒鐘她就又恢復起先的興奮，「就算妳對這種八卦沒什麼興趣，但我保證妳絕對會對他女朋友有興趣。」

什麼意思？

難道在短短的一天內，方詩晴學會了最高級的落井下石技術嗎？

不、不對，我之所以和她成為朋友正是因為她個性乾脆、也從來不拐彎抹角，即使偶爾我的舉止會出現些許不自然，她通常也不會察覺，這點讓我感到相當安心，我默默否定自己的念頭，八成，這短暫的時間內，有些什麼不為人知的事情扭曲了這一切。

「他女朋友？」

「嗯。」她連續點了好幾下頭，擺出神神秘秘的表情，把聲音壓得低低的，「是陳雯。」

「什麼？」

我摀住嘴巴試圖封住方才失控的高音，思緒高速旋轉了一百圈，我有些慌亂地喝了口水滋潤過度乾渴的喉嚨，小心翼翼地又確認了一次。

「陳雯……三班那個陳雯？」

「就是她！要不是陳雯自己承認誰想得到？唐泓安跟陳雯耶，我保證絕對沒有人想過這種配對。」

「也、也是……」

等一下。

剛剛是不是有出現一句「要不是陳雯自己承認」？

「妳說，陳雯自己承認什麼？」

「葉微微，妳到底知不知道剛剛唐泓安在美術教室的事？」

我點了點頭，除了唐泓安以外應該沒人比我更清楚了，但我又立刻猛力甩頭，故事進展到這個地步完全脫離我的想像，平行宇宙，大概是這種虛無飄渺的感受。

她用少女的姿態輕輕嘆了口氣，接著以外出倒垃圾時目睹鄰居先生和陌生女子過從甚密的語氣替我「完整」的闡述整個故事。

短短的十五分鐘果然足以翻轉整個世界。

事件的起始沒有太大偏誤，大意約莫趨近事實，唐泓安被目睹和一個女生在地板打滾，為了保護女生他用外套蓋住對方用完全不適合他的帥氣離開現場，為了加強臨場感，詩晴還找出了被上傳的現場照片，明明只是跌倒怎麼看起來要多曖昧就有多曖昧呢？

在我還糾結於照片的畫面構成時，劇情突然急轉直下，如我預想，唐泓安的緋聞掀不起太大的風浪，躲在學校各個角落曖昧來曖昧去的人多的是，比起唐泓安的緋聞，稍微讓人感興趣不過就是在地上滾來滾去和不符合他形象的退場，話題的強度頂多就是一節下課的份量；然而，就在小小的漣漪幾乎要靜止之際，陳雯主動砸下一顆原子彈。

「怎樣，我跟唐泓安交往妳們是有意見嗎？」

據說這是陳雯直闖我們教室踹了討人厭三人組大花桌子時說的話。

討人厭三人組的名字不需要浪費腦容量，帶頭的茶色捲髮是大花，跟班一號的刻薄眼鏡妹是二花，沒什麼存在感的跟班二號是小花。但這不重要。

「大花連一個聲音都沒擠出來，最後還是得靠唐泓安出場。」

「什麼意思？」

「『陳雯，回去。』」詩晴壓低嗓音冷冷地說著，接著再度回復鄰居太太的語調，「妳知道嗎？陳雯真的就乖乖回去了耶！那個陳雯耶！我今天突然覺得唐泓安的帥度破表。」

完全沒有真實感。

不過一想起不久前唐泓安那抹冷冷的笑容，我居然沒有多麼感到意外。人的真實總是藏匿得比我們所能想像的還要更深。

□

那個陳雯。

談論起她的時候我們總會不由自主的加上強調的語氣。

生活中總會有一兩個女孩，明明和自己穿著相同的制服、走在相同的校園裡、呼吸著相同的空氣，然而卻讓人感覺自己和她身處的是截然不同的兩個世界，所有她的日常都足以成為話題，她的輕輕一個抬手便能掀起風浪，遑論她結實地踹翻了一張桌子。

踹翻桌子從那之後甚至引起一種微妙的流行。

但流行總是非常殘酷，要能俐落又帥氣地將桌子完美踹翻需要的不單單是練習，還有天資。

首先是力道的掌握，力道要大，否則桌子紋絲不動簡直是尷尬至極，但勁道又不能夠過強，不小心樹立起剽悍的形象那就得不償失了，不過只要好好練習，都不是太大的問題。

最大的阻礙是腿長。

腿的長度與完成整組動作的優美程度呈現高度正相關。

一整個週末我和方詩晴都耗在進行實驗和觀察上。少女的青春成分裡頭約莫有含量百分之六十的「無聊」。

「就算現在開始用燃燒生命的方式去練習武術也彌補不了內褲會露出來的這個殘酷事實。」

「妳有兩個選項。」

「什麼？」

「砍掉重練，或者準備好看一點的內褲。」

「就算砍掉重練，大概也沒辦法練成像陳雯那樣的女孩子吧。」

「嗯，如果要分配比例的話，長相和可愛的內褲兩者之間，重要比大概是九比一。」

「這種比重還真寫實。」

就算在漫畫裡結果也是一樣的。

但我沒打算蹂躪方詩晴柔軟的少女心，只要她肯放棄踹桌子這項練習就好。

我就是這樣一個溫柔的女孩。

設定上是這樣。

在我看來，每個人身上都架構著不同的設定，當然有些人稱之為個性，但總之除了極少部分難以定義的存在，大多數的人都能被拎到某個標籤下站定，簡單來說，被要求「用一個形容詞來形容ＸＸＸ」時，第一瞬間浮上的就是在我們眼中對方身上最大張的標籤。

微微是個很溫柔的女生。

大概有八成的人會這麼形容我。

卻有百分之九十九的人會給出「陳雯很漂亮」的答案。

陳雯很漂亮。

確實如此。

看在異常在乎外貌的高中女孩眼裡，她的「那種漂亮」已經超越了能夠被比較的線，不會有人扔出「我覺得她才不正」或者「那個誰誰誰比她好看多了」這種感想，她的漂亮是一層底色，一種近似世界觀的設定，沒有人會質疑這一點。

這樣耀眼到近乎刺眼的女孩一登場便成為核心。

「學長們」積極的展開攻勢，當然引來不少女孩的羨慕與嫉妒，也讓陳雯越來越往不可企及的向度移動。

然而只要稍微冷靜一點進行想像，換成自己站在陳雯的位置，自己不喜歡的人成天在身邊打轉，無論是蒼蠅或者蜜蜂，總之耳邊嗡嗡嗡的響音始終沒有間斷，光想就讓人有種濃濃的厭惡感，何況是親身經歷的她。

我不知道這其中有多少人真心喜歡陳雯，只是整間學校的人都隱約明白「追到陳雯的人就贏了」這一點，卻沒有多少人對此感到荒謬，但至少，陳雯沒有打算讓自己成為懸賞禮物。

於是出現了輸不起的人。

據說，某個學長惱羞成怒後便動起手來，至於是意圖摟肩或者強吻甚至更過分的打算沒人知道真相，被目睹的現場只有冷絕離去的陳雯背影以及看似被揍了幾拳又踹了幾腳虛脫倒地的學長們。

學長們。複數。

典型的大哥帶著小弟們去為非作歹的路線，幸好路的前方是懸崖峭壁。

我第一次感覺美貌或許也是一種枷鎖，當然，如此的感慨持續不了幾天，人對於自己所沒能擁有的一切，無論是好是壞，終究難以感同身受。

總之，從那天起，陳雯就進階成為「那個陳雯」。

她三不五時就會出現在話題裡頭，我說了，她只要隨便抬個手都能變成事件，跟奮力打滾還佔不了版面的我完全是兩回事，我從來沒有設想過有一天自己會和她踩進同一則故事中，更別說主角居然不是學生會長也不是籃球隊隊長，而是唐泓安。

「妳到底要盯著我看多久？」

「你不要看我就不會發現我在看你了。」

唐泓安冷冷地瞪著我，透過那層厚重的鏡片其實我看不太清楚底下的目光，但我還是忍不住抖了下，又稍微往後退了一小步。

然而下一秒他迅速扯住我的手腕，熱燙的體溫蠻橫的滲進我的體內，我小心翼翼地瞅著他，突然發現自己的身高只到眼前男孩的肩膀，簡直是最能讓鹿群四處亂撞的曖昧身高差，認真說起來，唐泓安的身材比例挺好吶，要是把停在最俗氣高度的拉鍊解開，再把他過度寬鬆的制服褲收緊，接著是礙眼的瀏海和完全沒有美感的眼鏡換掉……

——我什麼都沒有想。絕對沒有。

我很堅定地以眼神誠懇地傳遞這項訊息。

不過很可惜，唐泓安很乾脆的阻斷傳遞路徑，右手突然鬆開，嘩啦一聲好不容易集中到垃圾袋裡的落葉一口氣傾倒而下，他往後退了一步，非常刻意地抬起沾上一片落葉的右腳，輕輕晃動，落葉安靜地回歸塵土。

「本來想替妳避免掉這種狀況，不過，妳好像不是那種會記住對方恩情的人，所以還是算了。」

「……什麼意思？」

「打掃落葉是值日生的工作，剛才我們一起完成了，我想妳的記憶力應該會比魚好上一點，但妳沒拿穩垃圾袋，把落葉都撒出來了，這部分，就跟我一點關係也沒有了。」他輕輕扯動右邊唇角，比面無表情更加挑釁，「落葉不重，我想就算是葉微微這樣柔弱的女孩子也能提得動，如果沒辦法，就拿出妳擅長的傻笑，我想妳應該很熟練。」

「明明就是你——」

「這種表情跟語氣不適合妳的路線。」

「難道你就適合現在這種陰陽怪氣的暗黑路線嗎？是輕小說讀太多中二病發作幻想自己是生來毀滅世界的理科宅魔王嗎？要毀滅世界就去啊沒事來欺負一個手無寸鐵柔弱無害的女高中生做什麼？」

當然，能說出這些話的我也很接近中二病患了，只是暫時我還想不到文藝版的說法又急切想抒發我的悲憤，姑且就這樣吧。

我猜想，在決定將頭埋進唐泓安胸前的那一瞬間起，在他面前，我的形象已經粉碎成末又隨風消散了。

「呵。」

他笑了。

唐泓安居然笑了。

然後他用著和他寬鬆陰鬱的裝扮完全不搭嘎的姿態無所謂的聳了聳肩。

「我不在乎別人覺得我適不適合，但是妳，也可以不在乎嗎？」他緩慢而蓄意的拉長語調，「氣質溫柔的葉微微同學。」

「你、你現在是打算威脅我嗎？」

我記得很多漫畫都有這類的情節，主角甲逮住主角乙的小尾巴，接著就成天晃著對方的小尾巴脅迫人從事各類工作，但最後拿著對方的尾巴晃久了，也開始對尾巴產生感情，慢慢的兩個人就——

停！

現在是危急存亡之秋，不是能抽空放空的狀況。

就算不能跟陳雯放在同一條線上談論，好歹我也是會讓人毫不猶豫就擺到「受歡迎區」的女生，單論姿色，我還是滿有信心的，所以在這種情形下，對我而言稱得上危險吧，對吧，越想越危險，況且誰知道這個平時安靜低調又有點陰鬱的理科宅內心的小宇宙究竟轉著多糟糕的念頭……

「說吧，你想做什麼？」

說得好像我有多期待發生什麼一樣，不對，於是我又補充，「我是不會被你威脅的，不過，要是在我的能力範圍內，我也不是不能稍微考慮一下啦……」

唐泓安伸出食指抵住我的額頭。

如果我的理解沒有出錯的話，他的意思應該是讓我閉嘴。

閉嘴就閉嘴。

「我對妳沒有興趣，只要妳不要有任何舉動我就不會花力氣在妳身上。」冷硬的話語毫不留情的落下，在轉身之前，彷彿想起什麼一般他又側過頭來，「如果讓妳失望的話，那還真是不好意思。」

這次他終於離開了。

等到我完全將他所說的字句呑嚥消化完畢時視野可見之處已經沒有他的身影了。

「『我對妳沒有興趣』……」

「『我不會花力氣在妳身上』……」

為什麼會有一種告白被拒絕的糟糕餘味飄散在半空中？

他那冷淡裡透著細微嘲諷的獨特語調彷彿融在呼吸裡的水氣，越想抗拒反而讓濕潤感更加往體內滲去，從哪個我不能阻止的隙縫，一點一點地入侵。

我忍不住扯住自己胸前的襯衫，胸口像堵住一樣鬱悶，我拚命咬著唇，防止自己做出任何失控的舉動，深呼吸，慢慢地深呼吸，妳可是最溫柔也最有氣質的葉微微啊，不能在……

——如果讓妳失望的話，那還真是不好意思。

「啊啊啊啊啊該死的唐泓安！」我氣憤地踩了好幾下落葉，「就不要讓我踩到你的尾巴！到時候我就把你整個人抓起來甩一百圈！」

□

結果我整個午休都沒了。

拖著沉甸甸又完全不適合少女的黑色垃圾袋往側門的回收場走去，午休時間的校園瀰漫著一種難以言喻的安靜，四周靜悄悄的，卻總讓人嗅聞到一股躁動，像是有許許多多的人屏著呼吸預備掙破寧靜的膜，偶爾一陣風來，便足以使心尖輕輕顫動。

「少女總是如此敏感吶……沒關係，往後只要遠離唐泓安，我的生活依然會是很美好的……」

「唉……」

停在巨大的回收車前，我轉了轉手腕，拋擲垃圾時必須一鼓作氣，否則只會徒然浪費力氣，而且必須好好的熱身，瞬間的甩動有極大的機率會拉傷肌肉；我也不是過度愛護身體的那類人，單純是覺得「扔垃圾拉傷肌肉」太蠢必須設法避免，而且我也不想設法解釋「為什麼唐泓安沒陪妳一起去」這個提問。

天知道那個性格乖劣的扭曲腹黑男喜歡什麼答案。

「需要幫忙嗎？」

「嗯？」

「垃圾。」從後方走來的男孩臉上帶著如夏日裡的彈珠汽水般的清爽笑容，他在距離我幾步的距離之外停下步伐，「看妳一直站在原地，好像很困擾的樣子。」

「啊，抱歉，擋住你了吧。」

我往右退了一步，卻發現他手上沒有任何東西。

男孩趁著短短的空檔，俐落地提起我擺在地上的黑色垃圾袋，在半空中劃出一道漂亮的弧線，臉上的恬淡神情彷彿絲毫不費力氣。

「怎麼只有妳一個人來？」

「嗯……一起值日的同學有點事……」

「被欺負了嗎？」

「嗯？」就算是也不能用如此爽朗的表情丟出直球啊，我很快地晃動腦袋，「不是，我沒有被欺負。」

「那就好。」

男孩仍舊掛著笑。

他的笑容讓人感覺非常舒服，但這謎樣的尷尬是怎麼回事？我輕輕扯著裙襬，開始計算拋出「我該回教室了」這句話最適當的時間點。

倒數三、二、一——

「妳是一班的葉微微吧。」

「你怎麼……？」

「去年的運動會妳替我包紮過。」

「是嘛，我不太記得了。」

「我是六班的程祐嘉，希望這次妳會記得。」

搭訕？

我抿著唇，稍稍垂下頭，適當的透露出不知所措的氛圍，不需要正面回應，只需要一點遲疑不安，接著露出想逃離現場的小鹿般無助神情就好，畢竟我「不太擅長和男孩子相處」。

「我該回教室了。」

轉身。

用略快的步伐離開男孩所在的現場。

就——

「妳很會招惹人嘛。」

一道冷淡的聲音冷不防扔擲而來，我下意識頓住腳步，循著聲音的來源我看見踩在樹蔭底下的眼鏡男孩，不久前才宣告對我沒興趣的唐泓安。

「不是對我沒興趣嗎？不是不想浪費力氣在我身上嗎？那就不要跟我說話。」

「因為妳磨蹭太久沒回教室，妳那個很吵的朋友一直傳紙條過來，很煩。」

確實是方詩晴的風格。

自從陳雯宣告和唐泓安交往後，女生們看待他的目光也有了微妙的轉變，就像以往覺得很俗氣打死都不想替奶奶提的菜籃，只要被視為時尚指標的明星拎過一次，從此菜籃的存在就會被賦予一層絢爛的光采，菜籃代表的再也不是土氣，而是衝突美。

唐泓安被鍍上了一層名為「陳雯」的聖光。

高挑修長的身材、冷淡不太愛說話的性格、成績優秀又特別擅長理科，組合起來也稱得上是男主角標準配備啊！

恍然大悟的女孩們開始將注意力放到他那張被厚重瀏海與品味糟糕的眼鏡阻擋住的「真面目」，甚至有幾個大膽的女孩主動請他拿下眼鏡掀開瀏海，雖然以失敗告終，但明明應該被批評為難搞狂傲的態度卻再度由於「陳雯聖光」而成為有所堅持。

忘了說，主動請他拿下眼鏡掀開瀏海的女孩們裡頭有一個就是方詩晴。

「你什麼時候來的？」

「從妳站在回收車前轉手腕開始。」

「那不就是一開始嘛。」我瞪了他一眼，「既然如此不是應該出來幫我嗎？這也是你的份、內、工、作。」

「我不想打擾你們。」

「你知不知道你真的很討人厭。」

「嗯。」

少年啊，為何你要如此坦率的承認呢？

那麼堵在我胸口這一大串情緒抒發又該何去何從呢？算了。

以後看見他就繞道而行吧。

「我要回教室了。」

「葉微微。」

「又怎樣啦？」

「妳襯衫的第三顆釦子沒扣好。」

「你說什——」

我隨手往上探，居然發現釦子沒扣開了一個大口，我一邊慌亂的扣著鈕釦，一邊悲憤地瞪視著滿臉看好戲的唐泓安；八成是剛才扯著領口發洩的時候鬆開的，不是走光的問題，我有好好穿上背心，而是這種形象光想就讓人想挖洞往下鑽。

要是從第三顆釦子以上都沒扣，還能當作率性風格，但像這樣在胸前開了一個魚口，不管用什麼角度來美化最高級也頂多到「蠢得很可愛」而已……

——被欺負了嗎？

剛剛那個六班男生原來不是看見我一個人丟垃圾、也不是為了要搭訕，而是看見爆開的襯衫給我善良的關懷嗎？

好想死……

「你為什麼一開始不告訴我？」

「我也可以都不說，反正總會有人告訴妳。」他推了下眼鏡，蓄意停頓的留白讓人不得不更加仔細的等待他的接續，「妳果然是不會記得別人恩情的那種人。」

他說得沒錯。

應該要道謝而不是發脾氣，而且他掩護我不被其他人察覺的事我也沒好好說過謝謝，況且還把他的校園生活攪得亂七八糟。

我的氣勢完全消散，簡直像一顆乾癟的氣球。

但不知為何，我醞釀了半天，又用盡力氣想把「謝謝」兩個字擠出來卻沒有辦法。

平常的我不是這樣的。

揚起笑容，用溫順的表情說出謝謝兩個字對我而言是再熟練不過的事，無論多麼討人厭的傢伙我也能流暢的進行；然而這一瞬間我卻不能，我明白自己心底並沒有多討厭唐泓安，於是就更加不懂自己為什麼做不到。

「我……」

鐘忽然響了。

唐泓安看了我一眼，什麼話也沒留下，乾脆而果斷的轉身離去。

□

拖著怪獸般的沉重腳步我推開門，一踏進客廳就看見沙發右邊坐著穿著運動服、瀏海纏著髮捲、雙腳大剌剌擺在桌上，明明長相嬌滴滴卻用著一副大叔姿態轉著遙控器的姊姊；沙發左邊是一副花花公子的模樣卻以良好姿勢端坐，用一雙比女孩們還要漂亮的手慢條斯理折著衣服的哥哥。

說實話，我們家最平凡又正常的人就是我了。

我把書包隨手扔到椅子上，短暫的思考之後我還是把自己塞進了沙發中間。

「失戀囉？」

「連喜歡都不知道是什麼的微微怎麼會失戀，考試考不好嗎？」

忘了說，我那女子力強大又長相俊俏的哥哥最大的缺點就是喜歡拿刀戳人痛處，心情好的時候還會附贈一點鹽。

然而，我姊也不是溫柔的類型。

如果說哥哥是走心理性毀滅的路線，姊姊就是走物理性毀滅的路線。

葉曼青抬起纖細的手猛力勒住我的脖子，我痛苦地掙扎卻一點用處也沒有，不知道過了多久，她終於鬆手放我自由，我大口大口地吸氣，再一次得到「活著真好」的感想。

「清醒了嗎？」

「被妳這樣勒住才會昏迷不醒好不好！」

「要讓一個人立刻振作這是最快的方法，什麼循循善誘、慢慢開導這種事我做不來。」

儘管此刻姊姊的話並沒有深意，然而她不止一次表示對我的「生活態度」感到無法理解，在她看來，我的生活大抵就是在勉強自己中度過的也說不定；然而對我而言，「扮演溫柔的葉微微」已經成為真正的葉微微的一部分，我不認為我的偽裝或者做作是一種假象，那就是我，都是真的。

不過如此具有深刻哲學探討的內容姊姊是聽不懂的。

「所以怎麼了？」葉柏睿把折完的衣服擺進洗衣籃，不經意撥弄瀏海的模樣簡直像在勾引人，老是擺出這種態度難怪爛桃花一堆，「妳今天的登場方式很像哥吉拉。」

我重重嘆了口氣。

彎起膝蓋將腦袋埋進去，從縫隙溢出的聲音顯得有些失真。

「就……有個男生幫了我，可是不知道為什麼，我沒辦法好好跟他說謝謝。」

「這樣就消沉？果然高中女生都有病。」

「葉曼青妳也曾經是高中女生，就算妳根本是個男的妳也還是個女的。」

「妳演技不是很好嗎？就算不是真心感謝對方，應該還是能意思意思裝一下吧。」

「我也不是不覺得感激啊，所以才覺得很奇怪啊，我明明就覺得應該要道謝，可是就很彆扭啊，好像說出謝謝自己就會輸掉一樣。」我胡亂抓著頭，「啊啊啊不知道啦好煩好煩好煩——」

「妳喜歡他喔？」

「怎麼可能！是因為他的態度超級差的好不好，一想到要跟那種傢伙低頭就覺得全身不舒服。」

「妳不是很會忍耐，忍一下就過去啦。」

「不要講這種風涼話。」

「那妳到底想不想跟對方道謝嘛？」

「不想。」我嘟著嘴悶悶的說，「可是覺得應該要做。」

這種心情，簡直跟面對期末考一樣，無敵惹人厭，每分每秒都想忽視逐步逼近的現實，但沒有辦法，一旦轉身逃跑，路的盡頭不會是天堂或者出口，而是補考或者死當。

——妳果然是不會記得別人恩情的那種人。

我討厭死唐泓安說這句話的語氣。

還不止一次！

「人生不是一顆糖果，不可能每一口都是甜的，妳爸說的。」

「那明明是他在逼我吃青椒的時候說的話。」

「差不多啦，反正人生就是這麼一回事，三不五時就會出現討厭得要命但不得不面對的事情。」姊姊語重心長的拍了拍我的肩膀，「作為練習，晚上讓葉柏睿替妳炒一盤青椒，有這麼愛妳的哥哥姊姊是不是覺得人生也滿美好的？」

「不然，就去超商幫我買雜誌和堅果回來。」

「說到底還不就是想支使我。」

「我是身體力行的教育妳，妳不想吃青椒，也不想跑腿，但妳只能二選一，跟妳的處境一樣啊，妳不想跟人家道謝，也不想背負不道謝的責任感，但也只能二選一，是吧？」

□

「每次都只會把歪理說得像是真理一樣……」

嘟著嘴我一邊踢著無辜的石頭一邊踱步往超商走去，天空中還有一抹不明的顏色，逢魔時刻指的大概就是這段日夜轉換的縫隙吧。

希望不要遇上什麼妖魔鬼怪才好。

我無聊地伸了個懶腰，才剛有了些許舒展開來的心情，下一瞬間我就僵在原地，怔怔地盯著三秒鐘前才從轉角拐出來的人影。

逢魔。時刻。

果然是祈求不要什麼就現身什麼。

不過，看對方厭棄的表情，八成他也把我當成妖魔鬼怪了。

我深深地吸了一口氣，坎總是得翻越的，爸說的，不跨越阻礙人就只能僵持在原地浪費生命，雖然我記得那是他訓練我拿起拖鞋消滅蟑螂時說的台詞，但至少我現在確實成為了一個可以連眼都不眨就擊斃蟑螂的少女。

很好，扯開微笑，做作的最高境界就是當對方看穿你的真面目之後還能若無其事的繼續做作。

不過我更喜歡把這種極致的做作稱為氣質。

「真巧呢，唐泓安同學。」

「可以不要露出這種噁心的傻笑嗎？這裡沒有其他人。」

「我對誰都是這樣笑的。」我作態的呵呵兩聲，用非常溫柔的語氣用力的撇清關係，「唐泓安同學跟每個『誰』都是一樣的。」

他冷哼了一聲。

連話也不應就往前走去，我不自覺握緊拳頭拚命控制住自己想偷襲他的衝動，雖然想轉身離開但不服輸的念頭主宰了我的動作，通往超商的路就是這一條，沒道理我要為了他改變出門的理由。

我忘了。

徹底的忘了。

不到一個小時前我還處於「不想跟他道謝卻又該跟他道謝」的糾結裡頭，直到跟在他身後踏進超商的瞬間，叮咚的一聲佐以猛然襲來的冷氣，我不禁抖了一下後才回過神來，我再度將自己的糾結纏得更緊更亂了。

「妳做什麼？」

「買雜誌不行嗎？」

癟著嘴我巡視著雜誌櫃，沒辦法，在唐泓安面前無論是氣質或者做作都撐不了三分鐘，果然我還得多做努力；但轉念一想，似乎也不能怪自己，畢竟死皮賴臉鑽進他的胸口這個起點已經讓我的形象裂成粉末，不管我拚命做什麼八成都彌補不了，既然如此是不是應該節省一點力氣？

無視他就好。

我伸出食指搜尋著櫃上的雜誌，每個月都會上演這一齣，因為姊姊喜歡的模特兒只會出現在那本雜誌上。

明明下班回家就能順道買，但擁有大叔內心的姊姊居然掏出比稀土金屬還罕見的少女心，「總感覺有點害羞，我怕結帳時不小心傻笑嚇到店員」，儘管理由很差勁但見證過她邊翻雜誌邊灑愛心的我願意相信。

沒有？

我又巡了一次確實沒有找到，打算放棄離開時卻瞄見唐泓安手裡的雜誌。

雜誌名稱被遮住了，但露出來的半張臉確實是唐楓沒錯。

唐楓。

我不自覺嘖了聲，他就是我每個月被支使的根源，啊、現在還被令人煩躁的唐泓安拿住，真是，我說不定跟姓唐的都處不來。

「欸，你手裡那本雜誌不買的話可以給我嗎？」

「我先拿的。」

「你看這種雜誌？」

不管從哪個角度看都是女性向的雜誌啊，雖然也不能用刻板印象來論定，但人不走運的時候無論轉哪個彎都會遇上坑洞，只剩下一本雜誌而且被拿在唐泓安手中就是我此刻面臨的坑洞，是洞就得填，我不想跳進去，那只能委屈唐泓安跳了。

果然，在我鄙視的目光之下，他本來就已經夠僵硬的臉又繃緊到了另一個境界，要不是厚重的瀏海擋住，說不定他的眉頭已經打上了三個結。

不要怪我，這是策略。

無論他胸中藏匿著如何的少女心，在這種被可愛少女鄙視的情況下，他只有把雜誌讓出來一途了。

「給我吧，這樣我就會消失在你眼前了。」

「不給。」

「既然不買就不要妨礙別人。」

「誰說我不買？」

套路不是這樣的啊。

唐泓安為什麼老是要反其道而行？

既然如此，是他逼我的，我深深吸了一口氣，抿著唇，一邊瞪視著唐泓安一邊回想起我每看必哭的電影情節，吸了吸鼻子，平常我是不輕易施展出來的，用眼淚逼迫別人這種事，實在太卑鄙太沒品了。

「不要這麼卑鄙。」

看吧。

和我不對盤的少年也有同樣的感想呢。

不過——

「但有用啊，嗚嗚嗚，把雜誌給我，趁我還能止住眼淚，嗚嗚……」

唐泓安像在忍耐什麼一樣，即使隔著鏡片我還是能強烈感受到他兇狠的眼神，他把雜誌塞進我的手裡，果斷的決定離開現場；然而在他才剛抬起腳的瞬間我扯住了他的手，簡直像精準計算過的電影分鏡，在我眼眶中打轉的淚水啪答的落了下來，沾濕了懷前的雜誌。

「這樣去結、結帳很丟臉……」

「放手。」

「不放。」

「妳、給、我、放、手。」

「絕對不放開你。」

到底我和唐泓安之間為什麼會反覆出現如此富有執念的對話呢？

抬起眼，我試圖用水汪汪的雙眸演繹可愛小狗般的無辜神情來軟化他的堅持，餘光卻不經意瞄見另一道熟悉的身影，伴隨著門開的響音，當對方踏進來的瞬間，我反射性往前踩了一步。

「妳又要——」

撲進唐泓安的懷裡。

「唐、唐泓安？」對方詫異的驚呼旋即染上濃重的曖昧，「親眼目睹果然震撼度不一樣，妳好，我是這傢伙的同班同學，妳不用害羞，我不會說出去的，妳可以稍微抬起頭沒關係的，我人很好很好的。」

「我要回去了。」

唐泓安這句話不知道是對阿南說或者對我說，但總之我只能用盡生命抱緊他。

他的手搭上我的肩，低下頭將聲音壓得極低極小：「再有下一次，我就直接把妳扔到地上。」

我能給他的回應就只有蹭了蹭腦袋。

接下來的進展光想像就非常羞恥，客觀來看我實在對唐泓安的強大意志力佩服得五體投地，他維持摟著我的姿態、並且在阿南灼熱又曖昧的注目底下，鎮定地走到櫃檯結了帳，在店員明顯有些不順暢的聲音裡拖著我往外走去。

說不定十年之後當唐泓安回顧年少的黑歷史時，每一個篇幅都會有我的存在。

天色完全暗了下來。

「放、開、我。」

我小心翼翼地鬆開手，很有自覺地往後退了兩大步，又自然地揚起討好的甜美笑容，但在唐泓安冰冷的視線下我再度很有自覺的斂下唇角，抿著唇用著有點無辜的表情望著他。

原來逢魔時刻是真的。

真想建議他下次不要挑在這個時段出門，但大概會激怒他，還是算了。

「葉微微，妳，再也，不要，靠，近，我。」

「我、我盡量。」

「再說一次。」

「你也不能強人所難啊，我們是同班同學耶，什麼分組啦、值日生啦，都會碰上的啊，反正我以後看見你一定會繞路，我保證。」

□

保證什麼的，果然都是浮雲。

我的記性很好，絕對不是那種一覺醒來就把前一天的承諾給抹得一乾二淨的人，但昨天我把雜誌帶回家後才想起結帳的人是唐泓安，不管怎麼說都必須把錢還他才行。

於是我又擋住了他的去路。

「記不住別人的恩情，也記不住自己的保證嗎？」

其實我是真的對唐泓安感到愧疚，也非常想好好的表示感謝，然而好不容易醞釀好的情緒，一對上他睥睨的眼神、一聽見他冷淡的諷刺，所有的心理預備瞬間便灰飛煙滅。

認真想想，問題的根源是這傢伙吧。

然而，我還是明白自己的立場，盡可能同理他的感受，於是我在進行兩次深呼吸之後積極地扯開嘴角。

「我也希望自己能不要再堵住你的去路，但雜誌的錢還是得給你吧。」

「妳可以不要笑得那麼難看嗎？很礙眼。」

什麼？

該死的立場，該死的同理心，該死的感激和愧疚，我緊緊握著雙手，防止自己失控引發不可逆的糟糕結果。

「錢拿去，整數，不用找。」

「嗯。」

他攤開掌心，我把精確計算好的金額放上去，手不經意碰上他的，隱約的溫度從小小的接觸點擴散開來，抬起眼我望向一如既往板著臉的唐泓安，煩亂的情緒不知為何稍稍落了地。

我將呼吸拉得很長很長，心煩的時候如此的動作能夠強迫自己緩下自己，就連我也不明白，一向自詡忍耐力強大的我在他面前為何情緒總是輕易被激起，每一次的進展都大幅偏離我的設想，無論唐泓安的態度有多傲慢多輕蔑，但之中並沒有刺傷我的意圖，甚至咬牙幫了我一次又一次。

微微皺起眉頭，用著我勉強能接受的微弱音量，輕輕的對著面前的男孩說——

「我們，就不能好好相處嗎？」

他挑起眉，有些意味不明地望著我。

當然，我是看不見藏在他厚重瀏海底下的眉毛，但我能肯定，他絕對是在挑眉。

「我的意思是，你幫了我滿多次的，而且我們還是同班同學嘛，處得好總是比無視彼此來得好吧。」

「對女孩子們都不喜歡的陰暗理科宅伸出友善的手，想必能替妳的形象加不少分吧。」

「唐泓安你一定要這樣嗎？」

「難道妳還期待我很愉快地對妳說『我們好好相處吧』這種話嗎？」

「我的形象不需要靠你！我就只是、只是——」

「無論妳想的是什麼，從一開始我就說得很清楚，離我遠一點。」

我想，人的一生中必然會遇上某些無論如何努力都沒辦法和平共處的人，唐泓安和我，大概就會被歸類在這其中吧。

至少我嘗試過了。

「算了。」

「我再說一次，以後離我遠一點。」

「就算你想，我也不會靠近你！」

「既然如此——」

唐泓安冷淡的嗓音忽然打住，我納悶地望著他，發現他的視線似乎穿過我落在後方的某一處，我下意識想轉身確認身後究竟出現了什麼光景，才剛扭轉腰身下一秒就發生了我從來沒有想像過的情節。

幾秒鐘前還堅定地與我劃清界線的男孩，忽然扯住我的手，另一隻手簡直像要彌補時間差般摟住我的腰，以我陌生的男孩的力氣將我壓往他的懷中，並且絲毫沒有留給我掙扎的縫隙。

「不要動。」

「為……」

才剛想唱反調，但發出一個音節後我就立刻收起後續，我明白，大概沒有人比我還更能明白，八成是出現了不能被目睹的狀況。

我會好好配合的，就當作報恩吧。

儘管我的舉止乖順，但腦中的思緒卻高速旋轉，好好奇啊，真的太令人好奇了，前一秒還傲氣十足的要我離他遠一點，這瞬間居然緊緊抱著我，雖然我跟他有所交集的時間不長，然而我卻能斷言，這對他來說絕對稱得上恥辱。

也就是說，現在的狀況比感到恥辱更高階。

太令人好奇了。

以我對唐泓安粗淺的認識，他大概不是個注重形象的人，如果他有那麼一點在乎，就不會任憑自己的外表呈現雜亂的模樣，即使沒看清過他確實的長相，但清爽俐落總是能加上不少分，而我想這一點他不可能不明白；仔細想想，他不僅沒有想增加好感度的心思，甚至可以說若有似無地往「女孩子討厭」的方向移動。

為什麼呢？

簡直像是打算跟所有人劃清界線一樣。

「就連在我面前，也要這樣嗎？」

女的。

旋繞在我腦中各式各樣的揣想彷彿被女孩拋擲出的聲音施了冷凍咒語悉數僵在半空中，下一秒我感覺唐泓安施加在我身上的力氣大了一些，也許是他隱微的激動展現，但更可能是我差點抵擋不住滿溢的好奇試圖抬起頭確認來者。

女孩似乎就站在我右方幾步的距離外，唐泓安給的回應只有充滿重量的沉默。

「就這麼想保護她嗎？」

我的肩膀整個僵住。

有些忐忑不安，我扯住他的衣襬，卻做不了要緊緊拉住或者奮力推開的決定，結果只能不上不下地拉著邊緣。

不小心被捲入戀愛的漩渦了嗎？

說真的，假使讓我列出一百個「唐泓安突然抱住我的理由」，當中跟戀愛相關的可能絕對會被列在最末位，雖然可能性不為零，但在正常的狀況根本不會被列入考慮；然而現實就是如此微妙，只要機率不為零，就有發生的可能。

被女生們排除在戀愛選項外的唐泓安居然是拒絕別人的那一個。

「跟妳沒有關係。」

「沒有關係？」女孩的語氣像是喃唸，但旋即回到起初帶有靜謐感的嗓音，「對我而言所有關於你的一切我都在乎。」

我是不是攪和進什麼神秘事件中了？

這樣下去我會不會直接被唐泓安滅口？

好想消失啊，真的好想消失啊，真希望自己處在魔法的世界中，我一邊進行著不可能實現的幻想，一邊也深刻體悟到原來唐泓安對自己的嫌棄是完全合乎情理的反應。

「我說過，那是妳的一廂情願。」

「是啊，一廂情願。」

「既然如此——」

「我總是要知道自己是誰的替身吧。」

唐泓安似乎不太適合說出以這四個字作為開頭的句子，至少短短的時間內，他就兩度卡在「既然如此」的凹陷裡頭。

我還來不及反應，便感覺到右肩被一道力量猛烈扯動著，而唐泓安則用上更大的力量進行拮抗，我突然有奇幻的感受，彷彿自己是隻海洋裡的水母隨著波浪左右搖擺；如此劇烈的情節是過去始終維持著溫柔氣質模樣的我絕對無法面臨的狀況，沒有經驗能夠參考，於是我的反應慢了好幾拍，而且給出的還不是個好反應。

「痛。」

我不小心輕呼出來。

於是唐泓安的力道出現了短暫的停滯，從如此細微的部分來看，儘管他性格惡劣又難相處但至少傲嬌的表象底下確實藏匿著些微的溫柔，而結果便是，連一秒都沒有因為我的疼痛產生動搖的女孩猛力將我自唐泓安的胸前扯離。

下一瞬間我迎上女孩有些泛紅的臉龐。

……不會吧。

我以為水母擬態已經夠奇幻了，但此刻玄幻到比起突然有哪個人拍拍我的肩告訴我「嘿、從今天開始拯救地球就是妳的責任了」還讓人更加無法消化。

陳雯。

那個陳雯。

女孩們憧憬並且認為永遠無法企及的人，被、女孩們排除在考慮之外的討厭傢伙給拒絕了。

我一定會被滅口。

僵硬地注視著陳雯那張漂亮到有些不可思議的臉龐，我的體內像被扔進曼陀珠的可樂一般瘋狂冒出無數的氣泡，快解釋快解釋，摻和進別人的戀愛問題比被捲入兇殺案還要糟糕；然而最後我緊緊抿起唇，將所有氣泡的出口都牢牢封住，做人還是要講究江湖道義的，唐泓安替我遮掩了那麼多次，還因為我被推上風尖浪頭，棄他於不顧我做不到。

於是我默默往後退了一步，讓自己稍微隱匿在唐泓安身後，我不知道這一幕映現在陳雯眼底究竟是如何的畫面，大概刺眼得不得了吧，尤其在唐泓安也移了半步並且伸手將我擋住之後，我似乎看見染著陳雯雙頰的紅色也逐漸滲透進她美麗的雙眼之中。

我想，我的存在加深了唐泓安的殘忍。

但她沒哭。

陳雯僵硬地轉身，一步一步踏出唐泓安的視野。

我的心情簡直跌到了懸崖最深處。

「我們，算扯平了吧。」

「嗯。」

「不過我想，我們大概真的沒辦法好好相處了吧。」

□

風平浪靜。

也不能這樣說，精確來說是看起來海面一片風平浪靜。

超商那起「偽裝事件」毫不意外的被阿南大肆渲染，但一來震撼力遠低於起初「在地板上滾來滾去」的情節，況且女主角又已經眾所皆知絲毫沒有神秘感或者懸念，最後根本掀不起值得談論的風浪。

但問題正是一點懸念也沒有這件事。

老實說雖然我身材不錯，髮型乍看下也和陳雯差不多，然而只要稍微多看兩眼，很輕易就能察覺根本是兩個截然不同的人，阿南確實也拋出了這個質疑，只是唐泓安照例沒有理會，而陳雯依舊扔出「我跟唐泓安在哪裡做些什麼關別人什麼事」這類被解讀為「就是我有意見嗎」的回答，話題迅速又轉回「陳雯跟唐泓安耶真是不可思議」。

的確是不可思議。

不單單是「陳雯跟唐泓安耶真是不可思議」，還有不能分享的「在那種狀況之後陳雯居然還能說出那種話來」的不解。

畢竟依照事件發展的時間軸來看，是「阿南散播謠言」、「陳雯誤會我和唐泓安」、「陳雯主動表態」，無論從什麼角度來考慮都不合理啊，要是我說不定會在一氣之下就揭開真相，但認真想想，打從一開始我就沒辦法理解陳雯主動將流言攬往自己身上的舉動。

即使是流言，能將兩個人綁在一起都好？

不管真正的主角是誰，反正到時候跟她擺在一起都會被狠狠挑剔，說不定能因此破壞掉唐泓安的戀愛？

還是——

「啊！」我抓著自己的領口，瞪了突然現身的詩晴一眼，「不要這樣突然嚇人好不好。」

「妳在想什麼？」

「沒有啊。」

「才怪，妳平常根本不會被嚇到，就算是恍神也只會是慢半拍而已，輕輕一拍就被嚇到的可能只有一個。」她露出曖昧又帶有邪佞的神情湊近我的面前，「妳有秘密。」

「沒有秘密就不是少女了。」

「有秘密就不是死黨了。」

「那從今天開始就當普通朋友吧。」

「真無情。」詩晴痛心地搖晃著腦袋，「能讓妳決定拋棄我的秘密讓人更想知道了。」

「不告訴妳。」

「快說。」

我重重吐了一口氣，當然是以非常氣質的姿態，被困在大量問號與揣想中好幾天的我確實需要傾訴的出口，反正不要說得太仔細，也只會被當作是在談論流言；儘管如此，我依然不自覺壓低了音量，語速也放得極緩。

「我只是在想，陳雯，和唐泓安。」

方詩晴很不客氣的翻了個白眼。

也是，這對她來說已經是個過時的話題，無論當事人有多麼糾結掙扎，對於他人而言依舊不痛不癢；我不知道我究竟算不算得上「當事人」，只是陳雯轉身前望向唐泓安的那道目光，這幾天我反覆地想起，每想起一次，心臟似乎就被扯動了一次。

陳雯到底是帶著什麼心情走進流言裡頭？

我想不透。

「反正戀愛就是這樣啊，什麼狀況都有可能發生。」她戳了戳我的臉頰，「真愛，懂不懂？」

「不懂。」

「妳就沒喜歡過哪個人嗎？」

「沒有。」

大概是從小「參與」了太多姊姊和哥哥的爛桃花，在成長到對戀愛產生憧憬的年紀之前就已經先對戀愛懷抱著負面的想法，而人一旦有了先設的偏誤，透過那雙眼看見的每一件事物都會有所歪斜。

例如小學三年級向我告白的男孩，在被我拒絕之後的一星期就和另一個女生相親相愛的手牽手，我不自覺便歸納出「果然喜歡就是這麼容易動搖」的結論。

又例如國一那年偷偷交給我情書的男孩，一次又一次被我拒絕也不肯放棄，我又想著「喜歡就是這種不乾不脆又麻煩的感情」。

大概，在我體內的偏誤被移除或者淡化之前，無論哪個帶著喜歡的男孩，所做的每一個選擇都會被我拎到負面結論區，這樣的我，當然不知不覺就成長為一個難以碰觸「喜歡」的少女。

「人總是需要一個契機，不需要刻意追尋，到了那一刻妳就會有所感悟。」不小心知道我對戀愛有點排斥的名言狂爸爸曾經很愉快的這麼說。

不過我想，萬一到了三十歲我仍舊排斥戀愛的話，他說不定又會搬出「契機要自己開創、不能故步自封」這類方針相異的名言錦句。

「唉啊，雖然我也很好奇啦，不過戀愛這種事，也只有他們自己知道吧。」詩晴忽然噗哧笑了出來，「但說不定連他們自己也不知道，我以前喜歡過一個男生啊，到現在我也不知道當初自己為什麼會喜歡上他。」

摸不透才會讓人陷得更深。

姊姊說愛情就像一汪看不見底的泉水，深淺與溫度都會隨著季節和各式各樣的原因起起伏伏，即便某個人親身經歷後發表感想，頂多像個寓言故事，引起他人一點想像、一點思考，卻永遠沒辦法成為別人的答案。

自己去談場戀愛就知道了。

她這麼說。哥哥一樣這麼說。但我連戀愛的入口在哪都還找不到。

「戀愛到底是怎麼一回事呢？」

「噗哧，在妳有喜歡的人之前不管怎麼拚命想都不會知道的啦。」

「我也知道。」我皺了皺鼻子，托著腮以憂鬱少女的作態輕輕嘆了口氣，「不過人就是這樣啊，就算知道得不到答案，也還是想得到答案。」

可惜方詩晴從來就不懂我細膩的演出。

「這麼深奧的問題就先不要想了。」詩晴明快的結束話題，立刻轉進新的開始，「星期天有空嗎？」

「要做什麼？」

「我表哥的室友的高中同學工作的咖啡廳借場地讓雜誌拍照，妳知道主角是誰嗎？」

神秘兮兮的模樣。

儘管不是很想知道，但少女穩固友情的守則之一就是不能潑對方冷水。

「是誰啊？」

「唐楓！是唐楓吶。」詩晴做出捧心的模樣，滿臉陶醉，「我表哥知道我喜歡唐楓所以第一時間就幫我訂到位置了。」

「妳表哥人真好。」

「重點是唐楓好不好！」

「意思是，我就算有事也只能沒事，是嗎？」

「嘿嘿。」

「可是我不……」等等，姊姊也喜歡唐楓，光是內頁有他的雜誌就能讓她和顏悅色，要是弄到一張簽名照什麼的，也就等於替自己爭取到了談判的籌碼，嗯哼，很好，想到這裡我立刻揚起甜甜的微笑，「當然要去，這麼難得的機會怎麼可以錯過呢？」

□

悶熱的空氣瀰漫在午後的街道，充滿重量感的濕氣讓每一步的行走都更加費力，然而我身旁的少女絲毫沒有被濃厚的凝滯給阻礙，她勾著我的手以我幾乎要跟不上的速度往前奔去，在我要宣告放棄之前終於抵達目的地。

四季。

真是意味不明的店名。

詩晴推開咖啡廳的大門，懸吊在門上的風鈴叮叮噹噹地響著，舒爽的冷空氣迎面而來，我默默吁了口氣，跟著她走向靠櫃檯的小方桌，入座的過程流暢到完全不像初次到訪。

我無聊地環視一圈，慢了幾拍才發現店內坐滿了女性顧客，而所有人的目光都有意無意落在窗邊那張特意空出的位置。

「來了！來了！唐楓，真的是唐楓，微微妳快點捏我，告訴我眼前的唐楓不是幻覺！」

「他笑了！微微妳說唐楓是不是很帥？」

「天啊，我說不定一口氣把這輩子的幸運都用完了……」

方詩晴用著很壓抑又很激動的語氣毫無間斷地說著話，雙眼膠著在不遠處的唐楓身上，大概不管我有沒有回應都不重要，此刻她的小宇宙八成已經變成唐楓宇宙了。

我偷偷打了個呵欠。

一邊玩著吸管，有一搭沒一搭的研究起整間咖啡廳的焦點，他穿著很簡單的白色襯衫和合身的卡其色長褲，修長的雙腿率性的交疊，右手倚在椅背上並且輕輕托著臉頰，深邃的眼眸望向窗外某個遠方，每個細部組合成一幅異常耀眼的圖像，有那麼一點不真實，即使和他的距離不過短短幾個跨步，但中間像被拉開一條界線，這邊和那邊是截然不同的世界。

忽然他側過頭，有一瞬間我感覺他的視線從我的臉上滑過，但大概只是錯覺。

唐楓。

我想著。

據說他在某個特定的圈子裡相當具有人氣，儘管我還釐不清那所謂特定的圈子究竟是哪方面的特定，畢竟在我看來絲毫沒有共通點的姊姊和詩晴居然都喜歡他這件事實在太過不可思議。

咖啡廳裡幾乎沒有空位，卻安靜到只剩下輕柔的背景音樂以及按下快門的喀嚓聲。

好睏。

昨晚熬夜看日劇，一大早又被哥哥拎起來吃早餐，想睡午覺時過度興奮的方詩晴突然上門，我被迫聽了各種的「唐楓如何如何」，差點逼得我失控將方詩晴打昏丟出窗外。

托著腮我拚命抵抗睡意，但沉重的腦袋卻一頓一頓，涼爽的空調，助眠的輕音樂，沒有事做的無聊，在在增深我的睏倦，映現在視野中的畫面也越來越小，越來越小……

匡噹——

突兀的聲響像把利刃劃破咖啡廳的寧靜，同時也撕裂我的睡意。

我有些愣住，直到胸口傳來一股冰涼又帶著黏膩的不適感拉回我的思緒，遲了幾秒鐘我才理解自己正處於尷尬到無以復加的狀態。

方才不小心睡著之際失手打翻了桌上的冰咖啡，慘劇不僅引來其他客人的注目，更窘迫的是甜膩的褐色液體染上了我新買的淺色上衣，即使詩晴不斷拿面紙替我擦拭，店員也遞來毛巾，也絲毫拯救不了那一大片汙漬。

「我們先回去換衣服好了。」

「對不起，我——」

「說什麼啦。」詩晴給了我一個爽朗的笑容，「反正我今天也已經夠滿足了，而且——」

詩晴的聲音斷在半空中，抬起頭我很輕易就明白了理由。

唐楓不知何時走到了我們桌前。

「給妳。」

「嗯？」

我還沒完全理解，而他似乎也不打算給我任何說明，乾脆地將某個柔軟的物品塞進我的手裡，連一秒的反應時間都不給，便逕直轉身返回座位，繼續他的拍攝工作。

短短的一分鐘，唐楓從他的世界走來，又返回他的世界，然而如此短暫的來過，卻足以在這邊的世界掀起風浪。

低下頭我望向手中的東西，衣服，黑色的棉T。

給妳。他是這麼說的。

「唐楓把衣服送給妳了？」詩晴摀住嘴巴，伸出另一隻手小心翼翼地碰觸著我手上的衣服，「葉微微妳一定會遭天譴。」

「不然送妳吧。」

「真的？」她露出驚喜的表情，但旋即左右搖晃著腦袋，「不行，他說要送妳的，妳趕快去洗手間把衣服換下來吧，我保證，會盡量忍住不要怨恨妳的。」

我露出有些為難的表情，即使我很感激唐楓，但老實說比起幫助我更覺得像被陷害。

難道真得讓我大搖大擺換上唐楓的私服？

如果說方才打翻飲料的狼狽引來的視線像細針，此刻因這件衣服而起的目光簡直像一把把磨利的大刀，狠狠凌遲著我的每一寸肌膚。

甲之蜜糖，乙之砒霜，我的好朋友還一再問我為何不爽快地喝下砒霜。

「我看，我還是先回家好了。」

「可是妳現在看起來真的有點淒慘耶。」

狼狽總比回家途中被蓋布袋來得好。

我勉強扯了扯唇角，如果可以我很想「突然忘記」把衣服帶走，然而說到底這終究是一個人的好意，我不想糟蹋對方的好心。

「把包包抱在胸前多少能遮住。」我壓低音量，「而且就算要換衣服，也要找別的地方吧。」

「為什……啊、也是。」

幸好方詩晴並不是遲鈍到無可救藥的人。

我把棉T塞進背包，將背包抱在胸前，即使是白費工夫但我和詩晴依舊設法將存在感降到最低，躡手躡腳地朝門外走去，我才剛慶幸先買單真是個開溜的好機制，拉開大門的剎那，刺耳的風鈴聲叮叮噹噹的響起，再度扯破室內的寧靜。

不管了。

我和詩晴飛快地跨出帶上門，逃難一樣往前方的小巷跑去，直到拐進巷弄兩個人才停止奔跑，靠著灰黑色的泥牆大口大口地喘著氣。

鬆懈下來的瞬間，閃現的第一個念頭居然是「沒要到簽名」。

「真是的，最大的目的沒有達到，還弄得那麼狼狽……」

「微微，妳、妳說什麼？」

「沒事。」我遞了水給還沒恢復的詩晴，她大口灌下了半罐，卻突然大笑了起來，「感覺像在拍電影一樣，要不是妳的衣服上真的有咖啡漬，我一定會覺得剛剛是我們兩個在作白日夢。」

「真的作夢的話才不會把自己搞那麼狼狽。」

「說的也是，要真是作夢的話，跟我一起跑的就不是妳，而是唐楓了。」

「在這裡的是我還真是對不起吶。」

「不過，至少妳有唐楓給的衣服啊，光這一點，就算跳進咖啡池我都願意。」

但我不願意啊。

忽然我想起唐泓安，儘管不合時宜，然而我似乎有那麼一點明白了，即使如唐楓那般耀眼，即使他體貼地伸出援手，又即使每個少女多少都會對他有所憧憬，但那也不意味他會成為所有人的喜歡。

喜歡，跟其他人怎麼想一點關係也沒有。

「走吧，我想快點把衣服換掉，黏黏膩膩的貼著胸口有點不舒服。」

「這樣也很浪漫吧，以後每當妳想起唐楓，就會想起胸口的異樣感，然後一點一點妳就會和我一樣陷入他的魅力漩渦中了。」

「為什麼？」

「因為每一份喜歡都從『感覺好像有點奇怪』開始啊。」

□

唐楓的黑色棉T晾在我的陽台，和我的白色襯衫並列著，偶爾隨風飄動，讓日常的風漾著些許不同的味道。

出門前我不經意瞥了一眼，想著，縱使經歷過了某個不尋常的午後，也不會替我平淡的生活帶來多少不同，即使飄著一絲絲不屬於日常的味道，當風輕輕一吹，也就跟著消散了。

踢著石頭我有些漫不經心的踏進校門，一如既往的早晨，一如既往的灰色地板，還有一如既往的——

「妳是一班的葉微微吧。」

我愣了下，抬起頭看見兩個陌生的女孩堵住我的去路，臉上的表情明白寫著「我來找碴」。

垂落在身側的手不自覺扯住裙襬，在心底嘆了口氣，我可能錯了，不屬於日常的味道說不定比我預想的還要濃烈，至少我的一如既往當中並沒有包含這個環節。

「請問，有什麼事嗎？」

面對來意不善的女孩們表現得太過怯弱會助長她們的氣燄，然而我的思緒快速轉了一圈，依然習慣性的選擇最符合「葉微微設定」的回應，最糟的狀況就是她們動手，沒有退路的我只能逃跑呼救。

雖然晚了一點，時機也不是很恰當，但還是從頭說明一下我的「設定」吧。

我叫葉微微，溫柔氣質的高二美少女，對每個同學都很細心體貼，最大的缺點是不太擅長和男生相處，所以大多時間都待在女生堆裡。成績比中間值高一點，體能比中間值低一些，擅長烹飪，學過一點鋼琴，最喜歡的作家是吉本芭娜娜，最喜歡的零食是甜甜涼涼的薄荷糖，害怕恐怖電影也不敢搭雲霄飛車，假日最喜歡的地點是書局和圖書館。有一個哥哥和一個姊姊，從小最想要的禮物是一個妹妹。

以上。

大概一半是假的。

務實點來說，有一半是真的就挺誠實的啊。

只要是誰都會在人前偽裝自己，例如能吃下三碗飯的女生假裝自己的食量只有半碗飯，或是前一天晚上看韓劇看到爆哭的男生隔天對討論中的女生說「那種無聊的偶像劇我才不會看」，或大或小，不過就是人為了讓自己更符合社會以及他人的期待，所穿戴上的輕薄謊言。

對我而言，形象就是我為自己挑選最適合的一件外衣。

既然是衣服，該脫的時候還是可以脫掉，等等，怎麼描述起來像我在唐泓安面前一直屬於衣帶寬鬆的模樣？

取消，形象是件衣服的比喻先取消，應該會有更適合的形容——

「欸、妳有在聽我說話嗎？」

「什麼？」

「妳現在是在裝傻嗎？」

「沒、沒有，我只是沒聽見妳剛剛說什麼。」

「唐楓真的給了妳衣服嗎？」

果然是唐楓。

我就說，平淡安穩的生活也就昨天發生了一點動盪，但想起詩晴徹夜不消的激動，再瞄了眼特地早起來校門堵我的女孩們，說不定只有我一個認定是微震，對其他人來說卻是個不容忽視的強震。

思緒轉了一下，我挑了個安全的說法。

「我不小心弄髒衣服，他把衣服借給我，不過我沒有換上，穿別人的衣服有點奇怪……」

「妳現在是在嫌棄唐楓的衣服嗎？」

右邊的短髮女孩似乎是暴怒擔當，她衝動地推了我的肩膀，儘管力道不大卻讓人心情不快；我在心底嘖了聲，大概在來找碴的人眼裡不存在讓她們滿意的理由，我往後退了一步，既然如此，就徹底激怒她們，營造一個足以逃跑呼救的狀況吧。

姊姊說的，我的聰明才智都發展在這類的地方了。

「我是陪朋友去的，其實我不太認識誰是唐楓，本來也沒打算收下衣服的，但他直接把衣服塞給我……」

完全是實話。

不過大多數的人往往最不能接受的便是實話。

來堵住我的理由大概不出「她們也在現場」、「聽見在場的人轉述」或者「某個人拍了照上傳」，不過我想拍照上傳要扯到我身上應該不會那麼快，也就是說，她們多少明白「事實」。

惹怒她們的不是事發經過，而是我居然不認識唐楓，居然敢對她們渴望的事物不屑一顧，拜姊姊和哥哥的爛桃花所賜，這種人我從小就看到膩，彷彿整個世界都必須與他們同步，他們的喜歡就必須被喜歡，他們的付出就必須得到回報，簡直就是中二病。

「妳說什麼？」出乎我的意料，先爆發的並不是方才推我的短髮女孩，而是左邊那個戴著眼鏡長相有些精明的黑馬尾，她猛然扯住我的領口，強迫我近距離和她相對，「憑什麼是妳這種人被唐楓注意到？妳說啊，該不會連打翻飲料都是計畫好的？」

「我真的只是陪朋友去而已，我又不喜歡唐楓，為什麼要故意弄髒衣服……」

「妳——」

「妳們在做什麼？」

一道帶有嚇阻的聲音打斷眼鏡女的話，趁她的手稍微鬆開之際我迅速往後退了兩步，醞釀出受欺負的可憐表情轉頭迎向來人，卻發現繃著臉快步走近的居然是那個六班的男孩。

他瞥了我一眼，下一瞬間便用身體阻隔住我和她們，望著他顯得寬闊的背，不知為何我想起的竟然是唐泓安。

那傢伙會衝過來救我嗎？

大概還是會吧，雖然會用一副欠他八百萬不還的表情瞪著我。

甩了甩頭，說了不會再靠近他了，兩人更不會有什麼糾纏不清的瓜葛，我將腳邊的碎石踢得遠遠的，想起這些日子他落實得非常完美的無視，心情突然變得有點糟糕。

「妳沒事吧？」

「嗯？」我點了點頭，「沒事，謝謝你。」

兩個女孩不知道什麼時候離開了，樹蔭底下只剩下我和他兩個人，我低下頭忽然瞄見自己被扯皺的制服，不知道該說些什麼只好安靜地撫平皺痕。

我想起來了，上次碰見我的釦子恰好綳開，他已經誤會我受到欺負，再加上「證據確鑿」的這一次，八成我越解釋只會越描越黑。

那就什麼都沒必要多說。

「妳……」

「我該回教室了。」我給了他一個淺淺的微笑，「剛才謝謝你。」

話一說完，沒等他回應我便低頭側身離開，衣袖似乎輕輕擦過他的，但我沒有一瞬的停頓，我比誰都清楚，自己勾勒出的葉微微之所以必須套上「不擅長與男孩相處」這一條，正是由於如此。

不要有所牽扯，就不會陷入太深。

□

我踩著鐘聲的尾巴踏進教室，詩晴拋來納悶的眼神，沒辦法，畢竟一貫早到的我罕見的踩線上壘，我只能聳了聳肩，假裝自己只是睡過頭。

不知道唐楓掀起的風浪需要多久才能平息。

昨天方詩晴反覆告誡我「衣服絕對不能洗」，於是我轉頭就直接把衣服扔進洗衣機，晾衣服時也不止一次想將衣服轉讓給姊姊，然而每次捨棄的念頭一浮現，就會連帶回憶起唐泓安那句「妳果然是不會記得別人恩情的那種人」，到了唇畔的話就又硬生生地吞回去。

不然，讓唐泓安穿著唐楓的衣服在學校晃上一圈？

保證氣死那些女生。

但他百分之一千不會配合，況且，抬起眼我偷覷了唐泓安一眼，我的這種念頭本身對他而言就是一種傷害也說不定。

人總是不能預期自己的生活會在哪一瞬間踩到爆裂物。

「真麻煩……」

「葉微微。」詩晴突然跳到我面前，「妳是昨天太高興睡不著才遲到的嗎？」

「應該是困擾到睡不著才對，啊，捐給公益團體吧，既能脫手又不會辜負他的好心。」

「妳絕對不能這麼做，要是——」

「微微，有人找妳。」

同學的喊叫打斷詩晴還沒說出口的威脅，我迅速起身，朝她扮了個鬼臉，踩著輕快的腳步往前門走去。

然而我的步伐猛然頓住，我居然大意到沒有察覺四周瀰漫著不尋常的空氣，隔著一大步的距離，我和站在門外的女孩對上眼，眉頭不由自主的輕輕蹙起。

或許，屬於我的平淡日常在更久之前便醞釀著動盪了。

「借我十分鐘，可以嗎？」

「妳、有什麼事嗎？」

「如果妳打算在這裡說我也不介意。」

我介意。

咬著唇我沉默的邁開腳步，跟著她一步一步往幽僻的角落走去，我多少能預料到她的動機，借她幾個十分鐘其實也沒關係，但一想到要用什麼理由說明她找我出去這件事就覺得頭痛。

陳雯。

任何一件和她沾上邊的事物都會成為探問的焦點。

這跟哪個人願不願意絲毫沒有關聯。

「找我有什麼事嗎？」

「沒有。」

「那為什麼……」

「因為這樣他才會理會我。」

我揣想過陳雯可能會質問我、痛罵我，甚至用流言來威脅我，然而她卻安靜地站在我的想像之外，用一種染上濃重哀傷卻又淡漠的口吻直截了當地給出答案。

她說。

「對不起。」

而面對如此的她，我一個音都發不出來，甚至連「妳不需要跟我道歉」也擠不出來。

「我知道自己很卑鄙。」陳雯別開眼，視線落在某個遠方。「也知道不應該破壞你們的感情，但是我不甘心，真的很不甘心，不甘心到了不得不做些什麼的程度，結果我能想到的居然只有妳，無論我做什麼都無視我的他應該很在乎妳吧，所以我……用這種方式找妳出來，我想他很快就會趕過來吧。至少，當一個卑鄙的人能分到一點他的注意力。」

我也被唐泓安列進無視名單裡頭喔。

要是說出這種話大概會激怒她吧。

反正也才十分鐘，儘管尷尬了一點，但東想西想發個呆也就過去了，只要她確定了唐泓安也不會因我而有所行動，也就不會有下次了。

我想，聰明的唐泓安應該會做出這種判斷。

所以我要做的，就是這麼數著時間而已，順便觀察一下葉子的形狀，平行脈紋，上面還停著一隻紅色的小蟲，旁邊還有兩隻螞蟻和——

唐泓安？

用力眨了好幾下眼睛，某種程度上來說也很顯眼的雜亂髮型和寬鬆衣褲快速趨近，最後踩在我和陳雯之間，再度展現跟外表十分違和的霸氣將我護在身後。

「妳有什麼事找我就好。」

「我只是在想，說不定這種場景多經歷幾次，我就能放下你了。」

「話我已經說得很清楚了。」

「是啊，再清楚不過了，一點模糊的餘地都沒有，我知道啊，這世界上沒有人比我還要明白了，可是，你就是一直在這裡面，怎麼樣都拿不掉，我該怎麼辦才好？」陳雯捶著自己的胸口，眼淚終究是滑過她白皙的臉頰，「唐泓安，你告訴我啊，我跟那個女孩子到底哪裡不一樣？你告訴我，為什麼你可以喜歡她卻不能喜歡我？」

十分鐘比想像來得長，也比想像來得短，緊繃到了極點的氣氛突然被鐘聲扯破，但沒有人移動。

所有人都在等著唐泓安的回答。

「因為她是葉微微，而妳不是。」

我想像過許多殘忍的回答，但我發現，那些被條列而出的假想與理由都遠遠不及唐泓安此刻的殘忍。

殘酷到讓陳雯笑了出來。

「是嘛……」

她緩慢地閉上雙眼，晶瑩的淚水彷彿清晨的葉尖上超出負重的露水打落在沙地上，和她摔碎的感情一併，歸於塵土。

陳雯旋過身，拖曳著長長的影子，每個步伐都像在逼迫自己一般，一步一步遠離她最深的喜歡。

望著唐泓安的背影，不知為何我堅定的認為此刻的他一定也很難過，我所認識的他，並不是一個殘忍的人。

我伸手拉住他的衣襬，沒有更多，他沒有喝止我也沒有揮開，只是安安靜靜地背對著我，一動也不動地站著。

□

我第一次知道蹺課原來是一件自然而然就發生的事。

坐在階梯上我無聊地玩著落葉，身旁的男孩抬頭望著湛藍的天空，完全看不透他正在想些什麼。

「天空裡有什麼嗎？」

「有雲。」

「然後呢？」

「天空上有雲就夠了。」

「聽起來像是什麼富含深意的哲理一樣。」

「那些像棉花的是積雲，比較高那片是捲層雲，無論是哪一種雲，每一瞬間都在變化，以為自己已經記住雲的樣子，但其實我們從來沒有記住過雲真正的樣貌。」

「但是，努力去記住這件事也很重要吧。」

「嗯？」

「如果我是雲應該會覺得開心吧，因為有人願意試著去記住自己真正的樣子啊。」我揚起一個甜甜的微笑，老是被他說礙眼的那種，「雖然是個陰沉沉的理科宅。」

「做作女就比較好嗎？」

「嘖，這你就不懂了，氣質不過就是最高級的做作而已，溫柔的人也會生氣啊，溫柔的人也會討厭別人啊，說到底溫柔的人也是人啊，只是選擇用會讓人感覺溫柔的方式表現自己。何況朝著自己想成為的模樣努力是很正常的事吧，我這麼努力反而應該被誇獎。」

「妳就不怕哪天妳朋友發現妳的真面目就絕交了嗎？」

「應該會很難過吧，畢竟是自己喜歡的朋友，但如果是因為覺得我不符合想像就絕交，那也就算了，不管怎麼說，除了做作之外我給出的感情都是真心的啊，如果對方看見的是我的做作而不是真心，那些友情怎麼會是真的。」

「真是超出想像。」

「什麼意思？」

「沒什麼，只是覺得這種話不像是那個扒著我不放死要面子的人說出來的。」

「你真的很討人厭。」

他居然笑了。

真是不懂男孩子的心裡都在想些什麼。

我將手裡的落葉扔回地上，伸了個大大的懶腰，氣質的葉微微不會做的事差不多都在唐泓安面前做了，稍微感到舒展開之後我才意識到更棘手的現狀，我不僅還沒想好陳雯喊我出去的理由，現下還多了一個跟葉微微沾不上邊的蹺課，更別說「陳雯的男友」也沒回教室了。

假使進行最簡單的故事線，根本就是三角關係的基本款啊。

糟透了。

「現在該怎麼辦？」

「什麼怎麼辦？」

「解釋啊。」我撥亂了瀏海，有些煩躁地扯著髮尾，「被陳雯叫出去的理由，蹺課的理由，還有你也蹺課的理由。」

「妳不是很擅長？」

「問題是我現在滿腦子想到的都是三角關係啊，而且我還是第三者，不要笑，最沒有資格笑的人就是你。」

唐泓安的笑並不張揚，不過是唇畔稍稍勾起的輕淺笑容，然而如此細微的弧度卻彷彿讓他顯得有所不同，一瞬間使我感到有些恍惚。

我想，我大概是太過混亂了，居然感覺他笑起來有點好看。

甩了甩頭，收回視線，將目光的落點定格在灰色水泥地面上的一個小小凹洞。

「唐泓安。」

「嗯？」

「你……為什麼要來？」

「我不該來嗎？」

「也不能這樣說啦，只是……」我的胸口彷彿塞進了某個濃霧的疑問，亟欲得到解答，卻看不清問題為何，停頓了一段時間後我刻意讓聲音顯得明快，選了一個平穩的接續，「你一出現就等於讓她掌握一個弱點了啊。」

「如果她對妳做出什麼事呢？」

「她感覺不是壞人啊，頂多也就是罵我幾句吧。」

「葉微微，永遠都不要低估一個人的執著，只要她有傷害妳的可能，我就不能不來。」他有些無奈地嘆了氣，「這件事，本來就是因我而起。」

「你跟陳雯……」我打住聲音，搖了搖頭，「算了，當我沒問。」

唐泓安望了我一眼，從階梯上站起，屬於他的影子覆蓋在我的身上。

「回去吧。」

「啊，理由還沒想好，不然你把我打昏送到保健室吧，不行，這樣更戲劇性更引人注目，怎麼辦怎麼辦——」

「因為我跟陳雯分手了，所以她託妳傳話，妳為了找我所以蹺課，最後在美術館旁發現我，花了一節課安慰我。」他扯開有點討人厭笑容，「如何，替妳的形象加不少分吧。」

「就說不需要你來替我加分。」我仔細思索了一下，邏輯沒有問題，但總覺得有點漏洞，「為什麼找我？」

「我們不是一起值日嗎？」

「就這樣？」

「不然我還有其他朋友嗎？」

「也是。」我噗哧笑了出來，「由你親口說出來特別有說服力。」

「快走。」

我跳下階梯跟在他的身後，「不過說分手沒關係嗎？」

「不然要繼續維持嗎？還是說，妳覺得之後妳還會死命賴在我身上？」

「才不會。」

「既然如此——」

「唐泓安。」我立刻打斷他的聲音，「良心建議，我覺得你還是不要用這四個字開頭比較好，每次都沒好事。」

他沒有回答，但瞪了我一眼，雖然被瀏海和鏡片擋住，我依然能感受到他視線的力道。

仔細想想，我根本沒看清過這傢伙的長相。

「欸，該不會其實你長得很好看吧？」

「如果是呢？」

「嗯……應該也沒差，反正你一樣討人厭，好不好看都討人厭。」

莫名其妙的唐泓安聽見自己討人厭的評語之後又笑了。

我果然不懂男孩的心。

□

陳雯和唐泓安分手了。

這項爆炸性的消息完全掩蓋住我的蹺課以及我的涉入，大概我很輕易就被劃分到無關緊要的那部分，於是流言轉了半天關於我的存在便已消失無蹤。

幾天過後，流言便緩緩落地，畢竟比起兩人的交往，分手反倒符合眾人的預想，在預想之內的一切事物，總是缺乏了那麼一點吸引力。

然而我的生活多少有一點改變，一點點，就那麼一點點，我似乎從唐泓安的無視名單裡被移除了。

另一件改變，則是六班的那個男生在我面前出現的次數越來越頻繁。

「又碰上妳了。」

「真巧呢。」

我客氣的回答裡頭滲出一點無奈的意味，他有些尷尬的漾開笑，旋即意志強大的走在我身邊，順路，他總是這麼說，然而我多少明白，這是他所認為的一種保護，至少不要讓我落單，並不是意圖示好或者從中得到些什麼，單純就是善良。

絕對不能傷害善良的男孩，這是讓世界更美好的準則之一。

「你……」

「程祐嘉。」他爽朗的插話，「我一直在想妳應該沒記住。」

我是沒記住。

但這不是現在的重點。

「我知道你是特意來陪我回家的，也知道你是為了不讓人有機會來找碴，我很謝謝你，真的；但我沒有被欺負，應該說人際關係一直都很好，那天只是個意外，後來不就沒有了嗎？所以——」

「那兩個女生被我阻止過三次。」

「什麼？」

他邀功似的朝著我笑，「我還是有派上一點用場的。」

難怪，我還想著唐楓掀起的風浪居然如此簡單，原來在我不知道的地方默默地運轉著各種關於我的事物，感覺真微妙。

「是嘛……謝謝你。」

「我不是為了得到妳的謝謝才這麼做的，可能在妳看來很多管閒事，我只是覺得，如果自己能做些什麼那就應該去做，也可能不會演變到那種地步，但說不定由於我的無視因此讓妳陷入痛苦，一想到這裡我就感覺有點不安。」

「這樣生活會很辛苦喔。」

「嗯，常常會吃力不討好，不過我多少也有所進步，該怎麼說，至少能拿捏自己應該做到什麼程度，不過——」

他稍稍停頓了下，卻沒有接續，只是低下頭，有些靦腆地漾開微笑。

然而他未竟的「不過」卻逐漸擴散在空氣裡頭，讓每個呼吸都沾染上細微的異樣感，若有似無的躁動隱隱搖晃著我的思緒，我斂下眼，踩著影子，試著抓住浮動的某些什麼。

最後我還是開口了。

「不過什麼？」

「嗯……想讓妳記住我的名字，之類的。」

「我記住了。剛剛。」

他愣了下，似乎滑過一絲不知所措，但很快便換上爽朗的燦笑。

「真的？」

「程祐嘉，我還知道你是六班的。」

「我也知道妳是一班的葉微微。」他說，隨著我停下腳步，「既然交換了名字，那我們就是朋友了。」

「什──」

「妳家到了，我先回去了，明天見。」

說完，沒等我接話他便飛快的旋身往來時的路跑去，在我回神之際恰好瞥見他右轉拐進巷子的殘影。

我忽然笑出聲來，真是莫名其妙的傢伙。

「妳為什麼站在門口傻笑？該不會真的有戀愛對象了吧？」

「我就不能有嗎？」

「有就談吧，反正高中生活無聊得要命。」姊姊打了個呵欠，一臉睡眠不足，

「我沒帶鑰匙，幫我開門。」

「為什麼老是不帶鑰匙出門……」

「鑰匙這種事跟戀愛一樣，不是帶了就能用上，也不是沒帶就進不了門。」

「真的什麼都能扯出歪理來耶。」

「對了，等一下幫我去買雜誌。」

「不是才剛買嗎？」

「特別刊什麼的偶爾還是會出啦。」

「又是唐楓嗎？」

「這也是一種戀愛關係，懂嗎？」

□

「會懂才怪吧！」

到底我要為了和自己不同世界的唐楓來回走多少遍這條街道呢？

就算是戀愛關係也不是我的啊，每次都讓我「赴約」根本不算真愛。

「真是，自從那次之後每次來這間超商都會想起可怕的回憶……」

我有些草木皆兵的環視一周，應該不用太擔心，上一次不過只是罕見的偶然，沒有任何再次上演的理由。

跟唐泓安扯上關係都會不知不覺引發風波，明明我就是一個樸素低調的氣質少女，他也就是一個陰沉少話的理科宅而已啊，不過，當中還混著一個陳雯，想不透，我怎麼想都想不透，簡直像S極跟N極肩並肩坐在一起喝茶般不可思議。

「有了。」

正當我拿起雜誌，視野又躍進一隻修長的手取走同樣的雜誌，我下意識扭頭望向手的主人，差一點就扭到脖子。

不會吧……

「你跟蹤我嗎？」

他輕蔑的冷哼一聲，連回答的意願都沒有。

好吧，這個選項確實不太有說服力。

「我以前沒在這間超商看過你，為什麼這陣子三天兩頭碰到你？」

「這裡是離我家最近的便利商店。」

「真的？」

「我看過妳很多次，但妳根本沒有注意到我，不信？有一次妳站在冰櫃前猶豫要買牛奶冰棒還是草莓刨冰，擋住路那麼長的時間結果拿了巧克力聖代。」

「因為選不出來只好兩個都放棄嘛……這不重要啦。」我哼了聲，「好吧，姑且相信你。」

「妳不信也沒差。」

「態度就不能好一點嗎？」

「對妳嗎？」

這是如何極致的嘲諷口吻啊，看看這傢伙，簡直用盡了全身細胞在演繹諷刺這一個情感，我緊緊捏住手裡的雜誌，拚命忍住想扔向他的衝動。

等等……雜誌？

上次也是，百分之百少女向的雜誌穩妥地待在他的手中，我瞇起眼，揚起甜膩膩的微笑，依然是他覺得礙眼的那一種。

「唐泓安同學，看來，你的取向有點粉紅呢。」

他撇開眼，打算無視我走向櫃檯，但走道非常小，輕輕一個邁步，便完美阻擋他的去路。

「妳想做什麼？」

「沒有啊，你不是提過很多次『幫助沒朋友的唐泓安會替妳的形象加很多分』嗎？仔細想想，你的提議滿不錯的，雖然我形象已經夠好了，但多加一點分也沒有壞處。」

他抿著唇冷冷地盯著我瞧，像被踩到尾巴的狐狸，似乎正在盤算報復的手段。

我稍稍往後退了一步。

「時間好像有點晚了，差不多該結帳回家了，改天再聯絡感情吧。」

唐泓安似乎是受到刺激，啪的一聲將雜誌放回櫃上，又一把搶過我手裡的雜誌同樣啪的一聲擺回去，瞪大雙眼我還來不及說話便被他牢牢扯住手腕，接著一個旋身便被屬於少年的力量扯離原地，被迫用著過快的步伐跟著他走。

「你要拉我去哪裡啊？」

「欸、唐泓安！」

完全不顧我的叫喊的唐泓安以我無法掙脫的力量沒有停頓的將我拖著走，最後他猛然一甩，讓我整個身體撞上牆壁，我還來不及呼痛，他啪的一聲將手重重拍在牆上，以他的雙手、他的身體將我箝制在狹小的空間之中。

熱氣清晰無比的傳遞而來。

「你、你要做什麼？」

「我說過，離我遠一點。」

唐泓安的聲音極冷又極緩，彷彿要確保這些字句確實滲進我的體內，他傾下身逐步逼近，我幾乎要聽見自己心臟爆裂的聲響，然而往後回想起來，在他以蠻橫的姿態對待我的這一瞬間，我所感覺到的除了緊張、除了對於未知的恐懼之外，自始至終我沒有害怕過唐泓安這個存在。

他、他是要吻我嗎？

當不在考慮中的選項逐步逼近，我第一時間的反應便是逃避。

緊閉著雙眼我撇開臉，能感覺到他柔軟熱燙的唇刷過我的左頰，呼出的熱氣強悍的撲打著我的精神，我的雙手緊緊扯著衣襬，幾乎無法思考。

「我不是妳想像的那種善良的人，我能對陳雯殘忍，也就能對妳殘忍。」

陳雯。

隨著他的話語我想起那些畫面。

時間流逝得相當安靜，我的情緒也緩緩落地，是了，陳雯，儘管我不明白他和陳雯之間有什麼糾葛，但那一次次當他毫無餘地的拒絕陳雯之際，望著他的背影的我，感覺到的卻是一份孤單。

哥哥說過，有些時候殘忍的舉動反而是最大的溫柔。

我不懂喜歡，但我看過太多次的拒絕，無論是姊姊又或者哥哥，他們都不是拖泥帶水或者給人期望利用別人情感來自我滿足的人，不想要的就果斷拒絕，不喜歡的就說不喜歡，姊姊說，她的不留餘地才是給對方最大的餘地。

當初的我不是很懂，姊姊總是喜歡說些似是而非的歪理，然而我忽然想，之所以不能認同，不過只是因為我從未深切體悟過。

拚命推開我的唐泓安也懷抱著屬於他的理由吧。

不單單是我，或許唐泓安推開的是每一個人，我想，在旁人眼裡八成會覺得那些事與我無關，甚至只是我的自我滿足；然而，我抬眼望向他，說不定我偶爾捕捉到的那抹寂寞是真的。

既然如此，我就不想這麼輕易地被嚇跑。

「唐泓安。」

「妳不相信我說的話嗎？」

「嗯，不相信。」

我鬆開扯著衣襬的手，緩慢抬起貼放上他的右頰，熱熱燙燙的，光線太過昏暗我幾乎看不清他的表情，但即便光線充足，我也從來沒有確實掌握他藏匿在鏡片之後的情緒。

「如果你不是善良的人，在第一次的那種場面你就會乾脆把我推開了吧，還有之前在超商裡也是，甚至於你也可以把我推到陳雯面前，但你第一時間是把我藏起來……第一直覺可能不準確，但一次兩次三次疊加起來，總會慢慢接近事實吧。」

我說。非常堅定的。

「因為你沒有推開我，而是想辦法帶我離開現場，大概，從那個時候開始，我的內心深處就相信你絕對不會傷害我吧，我知道自己很天真，但要不要相信一個人，本來就是這種天真的事，至少，到目前為止，你確實是值得我相信的人。」

他扯下我貼放在他頰邊的手，卻遲遲沒有鬆開。

最後彷彿嘆了口氣，又或者只是我的錯覺，他忽然往後退了一步，依然抓著我的手腕，旋身背對著我。

「我送妳回去。」

「嗯。」

約莫十分鐘的路程他始終背對著我，卻也始終握住我的手腕。

我找不到適切的說明來描述兩個人此刻的氣氛，也形容不出我自己的感受，但我想，或許這說不定是擅長拒絕別人的唐泓安所不擅長的示好。

「啊、雜誌……」

突然想起一切根源的我顧不得好不容易得來的靜謐氣氛，一把拉住唐泓安迫使他停下腳步並且轉身望向我。

「雜誌沒買！我死定了啦，絕對會被姊姊修理的……怎麼辦啦都是你害的啦，不行，再去一趟超商——」

「給妳。」

「什麼？」

他鬆開我的手，不知為何那一瞬間我的心情有些空空落落的，但注意力很快就被他從口袋裡拿出的鑰匙圈吸引，接過鑰匙圈我來回端詳了幾次，上面印有Q版漫畫人物，但我完全想不透他給我的理由。

「拿給妳姊，妳這段時間就會過得很舒適了，就當作是禮物吧。」

「什麼意思啊？」

他甩了甩頭，用一種不太應該出現在他身上的瀟灑轉身離去，望著他逐漸縮小的身影，心中突然湧現不合時宜的感想——

「這傢伙，光看背影還挺不錯的嘛。」

□

短短的三分鐘內我就像被潑了冷水又喝下薑茶一樣，以至於現在身體還感覺有點冷又感覺有點熱。

當我躡手躡腳的回家，試圖踩著姊姊沒有察覺的空隙躲回房間，但我總是低估她被唐楓激出的少女心，坐在清楚看見玄關動靜位置的姊姊，從我開門那刻就已經發現，而第一時間也銳利的觀察到我空蕩蕩的雙手。

「雜誌呢？」

「賣、賣完了，明天我再去一趟。」

「今天是發售的第一天，怎麼可能賣完了？」

「也可能是還沒鋪貨……」

「葉微微——」

當然，光聽我的經歷與姊姊對待我的方式可能會讓人感覺我很可憐或者姊姊很兇殘，但即便是受盡荼毒的我還是要替姊姊解釋，她平常對我很好的，自己能做到的事也不會蓄意差遣我，也時常替我解決各種問題；唯獨在唐楓這件事上，她總是過不去，也是，把唐楓視為某種戀愛關係的她當然說不出口自己喜歡上的居然是個高中小男生。

躲不過了。

迎上姊姊漂亮卻瀰漫著不悅的眼眸，我突然想起口袋裡擺著唐泓安給的鑰匙圈，算了，死馬當活馬醫吧，我掏出鑰匙圈左右晃啊晃的，果然暫時吸引住姊姊的注意力。

「這個送給妳。」

我的聲音帶著討好，我想以「沒有朋友的唐泓安」的觀點，說不定單純覺得送給可愛的小東西能安撫姊姊，這也是一份心意沒錯，但他根本不懂我姊。

姊姊一把搶過鑰匙圈。

「妳怎麼會有這個？」

「別人送的。」

「這是限量版的Q版唐楓鑰匙圈耶。」

「是、是嗎？」

「有微微這個妹妹真是太好了。」

姊姊捏了捏我的臉頰，興高采烈地跑回房間，八成是要跟她的「好姊妹」分享這件事。

「天啊，唐泓安居然真的懂我姊……」

太玄幻了。

有些恍惚地走回房間，直到洗完澡都沒辦法將我的思緒沖刷得清明一些。

趴在床上來回滾了好幾圈，腦中像柯南一樣閃過一道光，我定住動作，開始吃吃地笑了出來。

「上次的雜誌、這次的雜誌，還有限量鑰匙圈，我好像發現什麼不得了的大事了……」

摀住嘴我封住自己的訝異，卻又不住的悶笑。

天啊，唐泓安居然是唐楓的粉絲，我好想仰天長嘯順便寫一篇論文寄給自然期刊來向世界宣告我的驚世大發現喔，不行，不可以，人家可是把珍貴的限量鑰匙圈送給我了吶，看方才姊姊那種表情，絕對不是價格的問題而是根本買不到。

——拿給妳姊，妳這段時間就會過得很舒適了，就當作是禮物吧。

「禮物……」

抱著兔子抱枕我將頭靠在毛茸茸的長耳朵之間，突然感覺自己的手腕傳來一股熱燙的異樣感，我將左手疊放在相同的位置，卻抹不去那份隱約的感受，甚至於加深了我的在意，又從那一個狹小的區塊彷彿瘋長的藤蔓一般飛快的蔓延開來。

臉頰。

抬起手緊緊貼著左邊臉頰，在心底痛斥自己的後知後覺簡直到了天理不容的地步，我居然隔了那麼久以後才意識到，方才唐泓安的觸碰並不能簡單稱之為「唇畔刷過臉頰」，在定義上已經是個吻了啊！

我、我被唐泓安吻了？

「不不不，只是碰到而已，只是意外，嗯，就只是意外而已！」

但是——

為什麼臉頰的溫度不斷攀升？

接著記憶的畫面不斷閃現，像哪個人伸手按下回放鍵，從他擦過我的唇畔作為起點，還有他過度霸氣的箝制，還有之前的擁抱，更之前的擁抱，以及更更之前的擁抱——

仔細想想，我跟唐泓安的肢體接觸不僅太過頻繁，而且每次都超出了合理的界線。

「我該對他負責嗎？」

「不會吧……」

抱著頭我苦惱地又開始來回滾動，反正抱也抱了，摸也摸了，何況我撲上去兩次，他摟著我一次，吻……嘴唇碰了我一次，也算是扯平了才對，更重要的是，唐泓安絲毫沒有要我負責的意思，也是啦，連陳雯都能毫不留情的拒絕，我也不過就是個比平均值可愛那麼一點點的女孩而已。

越想越不愉快。

「不要想了不要想了，反正扯平了，我也不喜歡他，管他拒絕誰又喜歡誰……」

然而我的手再度不自覺撫上臉頰，想起他將鑰匙圈遞給我的瞬間，以及他遠去的背影。

彷彿有些什麼，安安靜靜地落在他那道被拖曳得極長極長的影子裡頭。

□

全身僵硬。

我有些恍惚地吞下早餐，一口氣灌下平時總是拖拖拉拉才肯喝的蔬菜汁，在哥哥納悶的視線裡拖著重重的腳步推開門，門外刺眼的陽光絲毫沒有讓我變得更加清醒，幾乎是憑藉著本能往學校走去；我輕輕打了個呵欠，失眠這筆帳絕對要算在唐泓安頭上。

「好睏……」

基本上從家裡到學校這二十分鐘我是相當放鬆的，每天都特地提早出門就是為了避開熟面孔，我不是個貪睡的人，但需要一段長長的時間才能完全清醒回到正常狀態，也就是說，在這段過程當中，我對於突發事件的應變能力顯得相當低下。

低下到我一度以為自己正張著眼睛作夢。

「早安。」

「嗯？」

偏著頭我充滿疑惑的端詳著眼前的「幻影」，恰到好處的微笑，清爽俐落的氛圍，還有那道爽朗的招呼。

幻影不僅立體還配備聲音，夢境真實到如此的程度也足以證實我的想像力挺好的吧，沉吟了幾秒鐘，我緩緩伸出手小心翼翼的碰了幻影的肩膀。

溫的。

有阻力。

我的手僵在半空中，雙眼慢慢睜大，開始逼迫自己加速暖機，隨著思緒越來越明白，懸在半空中的手就越發透著尷尬的意味，遲了好幾拍終於我收回了手，欲蓋彌彰的將雙手藏到背後，若無其事地扯開微笑。

「抱歉，我剛剛還沒完全清醒。」

「所以當作我是幻覺？」

「嗯，類似吧……畢竟我通常不會在上學途中碰上學校同學。」

程祐嘉愉快地笑了出來，我很想潑冷水對他說「你笑就笑不要擋路」，但不行，儘管我的形象設定大多時候會帶來方便，只是也有某些時刻會讓自己陷入進退不得的困境，例如現在。

我露出有些靦腆又有些為難的表情望著他，程祐嘉停住笑但笑意依然停在他的眼角。

「好像看到妳不太一樣的一面呢。」

「那個……再不走可能會遲到……」

雖然還很有餘裕，但除此之外我找不到更適當又更「符合葉微微」的理由了。

我低下頭，從程祐嘉身側走過，而他遲了一秒同樣跟了上來，以一種狀似我們同行的姿態走在我的右手邊。

「妳討厭我嗎？」

「嗯？」

我愣了會兒，輕輕地搖頭，儘管覺得很麻煩也有一些困擾，但對於他給予的那些好意我是感激的；然而我不希望給他更多的想像，或許不過是我的自作多情，但我不希望給予他更多的想像。

「我不是很擅長跟男生相處。」斂下眼我用著相當沉靜的口吻說著，「而且，跟別班的男生走太近，會傳出一些奇怪的流言……」

「對不起，我沒想到這些。」

我搖了搖頭。

別開眼不去看他有些低落的表情。

「我很謝謝你，可是，我希望自己的生活能夠安安靜靜的，不是討厭你，單純只是我膽小而已。」

「妳真的，很溫柔呢。」

我無話可回，只能又搖了一次頭。

但我想，人生或許總是不能如自己所願，前一刻才以為自己已經將懸念安然放置，下一秒鐘卻突然迎來毫無預期的轉折。

幾乎要踏進校門口時，「久違」的眼鏡女和短髮妹又擋住我的去路，程祐嘉第一時間上前將我護在身後，而兩人絲毫沒有退讓的意思。

「我們只是要問葉微微一件事。」

「想問什麼嗎？」

「唐楓的衣服呢？」短髮妹語氣帶著一股與生俱來的怒氣，「既然妳不想要那就給我，要花錢買也沒關係。」

「我不能把他的好意賣給妳。」

「妳——」

在她還找不到反駁的說詞之前，我更進一步堵住她的聲音，連帶也逼迫她將自己的怒氣吞嚥回去。

「我會設法把衣服還給他。」我將話說得更加清楚，「我不會送給任何人，也不會出售，就算困難了一點，但我會物歸原主。」

女孩們惱怒的離開了。

我猜想，她們是真的很喜歡唐楓吧，才會為了一件衣服鍥而不捨，只是這樣的喜歡又算什麼呢？拚了命去爭奪不屬於自己的一切，縱使真正得手，又真的會是「得到」嗎？

更荒謬的是，唐楓本人說不定早就將這件事忘得一乾二淨，而衣服落到誰手裡，對他而言或許一點也不重要。

「妳沒事吧？」

「我沒事，謝謝你。」

我無聲地嘆了口氣，怎麼每次「被欺負」他都如此恰巧的在現場呢？

而由於氣氛太過尷尬我居然任由他陪我走到教室門口，直到我迎上從另一邊走來的唐泓安，我才發覺自己又和他多走了一段路，甚至恰好停在最惹人注目的位置。

「有什麼事情的話，妳隨時都可以找我，當然，沒事也可以找我。」

程祐嘉揚起爽朗的燦爛笑容，朝我揮了揮手，不等我回應便旋身踏著輕快的腳步朝前方走去，而我也只能愣愣地注視著他的遠去。

當我收回視線扭身走進教室的瞬間，目光不經意對上唐泓安的目光，左邊臉頰又隱約傳來令人在意的異樣感；然而他很快便別過頭，翻開手中的書本，彷彿我從未激起一絲漣漪。

□

我精神不濟地趴在桌上，壓在臉下的是更加打擊精神的小考考卷。

方詩晴用她的考卷對折替我搧風，「就算不是九十分的風，至少也能讓妳吸進一點及格的新鮮空氣」，聽完這句充滿惡意但其實她完全出於善心的話之後，我僅存的精神力悉數瓦解，只能像擱淺的鯨魚般體會著自己的哀傷。

我討厭蘋果也討厭牛頓。

「往好處想，除了物理之外妳每一科都沒什麼問題啊，所以也不用花太多時間來補救啊。」

「妳明明知道我把應該用來讀小說的時間都拿來讀物理了……」

「這也不能算是考太差啊，差個十分就能及格了，呵呵，呵呵……」

說到後面詩晴自己也乾笑了起來，確實，五十一分乍看雖然不及格但也沒多麼淒慘，然而這五十一分是我認真準備之後的結果，況且還只是小範圍的測試，我完全不敢想像兩個星期後的期中考我會墜入如何的深淵。

「現在轉組不知道來不來得及……」

「妳有想過妳的地理——」

是啊，無論是文組或者理組都藏著一個跨不去的坎，我只能用盡各種方法在原地跳啊跳的，試圖離目標近一些，這種時刻我總會感覺人生特別真實，不是每項努力都能得到成果，而留給我們的選項卻也只剩下努力。

「讓妳哥哥教妳吧。」

「不。」我猛然起身，乾脆的否決，「去年為了讓我不被當掉已經把我哥的耐心都消耗光了，我那個正直的哥哥居然崩潰到主動提議要幫我做小抄，妳能想像那是多慘烈的狀況嗎？」

「可是，有人教還是比較有用吧。」

直率的方詩晴原來也學會了委婉的措辭，說白一點，意思就是「妳自己讀根本沒有用啊」。

抱著頭我苦惱地癟著嘴，我也希望能有哪個人來點化我，只是有了將哥哥幾乎逼瘋的前例，我根本不敢去想央求哪個同學來指導我，八成會把我列為永久性的拒絕往來戶，甚至還會傳出「葉微微刻意惡整某某某」的謠言。

等一下。

我的眼珠轉啊轉啊，方才有一瞬間似乎閃過了某個靈感，蹙起眉我試圖捕捉滑過的光芒，視線也跟著流轉在教室各個角落，最後定格在某個氣氛特別怪異的定點。

唐泓安。

我不由自主泛開愉快的微笑，能讓他這樣的「高人」點化，說不定我真的能頓悟。

他百分之百會拒絕，但是，我竊竊的笑著，誰讓我不小心得到了他的小秘密，雖然卑鄙了一點，但擠出眼淚逼迫他就範最卑鄙的這一招都對他用過了，他或多或少已經對我產生抗體了。

「微微，妳還好嗎？」

「我沒事啊。」

「妳剛剛笑得有點奇怪，有一種，說不上來的……變態感。」

「才不會呢，一定是妳看錯了。一定。」

「也是啦。」詩晴很輕易就被說服，我真的很擔心她哪天會被壞人拐走，「要不然，我星期六陪妳複習。」

「妳不是要跟妳爸媽回老家？不用擔心啦，我剛剛想到可以找誰教我了。」

「真的？」

「嗯。」我堅定的點頭，又露出輕快的微笑，「我一定會好好的說服他的。」

□

「不要。」

唐泓安拒絕的速度比我預想的還要快，簡直趨近反射動作。

我露出可憐兮兮的模樣，小心翼翼的伸手輕扯著他的衣襬，張著水亮水亮的眼睛，充滿期盼的凝視著他。

換來的是他的白眼。

「不、要。」

「我會很聽話的。」

「聽話？」他冷哼了一聲，「說過幾次離我遠一點，妳現在還不是整天在我面前陰魂不散。」

「唐泓安……」

「不要就是不要。」

軟言軟語央求你你不要，那就不要怪我施展出卑鄙的招數了。

我也想講求道義，但非常可惜，在「不及格」這三個字之前任何的道義都是浮雲。

鬆開他的衣襬，我收起可憐的姿態雙手在胸前交叉，仰起頭高傲的瞄著他，更仿效電影裡頭的惡人，用極為討人厭的姿態在他四周繞著圈。

「這是你逼我的。」

「妳又想怎麼樣？」

他很無奈地揉著太陽穴，似乎很後悔沒有一開始就轉身離開。

能將冷淡至極，視他人於無物的唐泓安逼到如此境地，我也有點佩服自己。

「我沒想要怎麼樣，只是很單純很單純的希望學霸唐泓安同學發揮一點點小小的愛心，現在的我，真的非常非常需要你那麼一點點的愛心，一點點，就那麼一點點。」

「要是拒絕呢？」

「嗯，那我很可能會不小心的把一些秘密說出去，例如唐泓安似乎很迷戀唐楓之類的，不過，說不定你會因此交到很多新朋友呢，畢竟一半的女生都喜歡唐楓。」

「妳以為我會在乎嗎？」

啊、糟糕，我忘了這傢伙的意志力比我能想像的還要強大。

咬著唇我有些苦惱地瞅著他，思緒快速旋轉著，他不怕威脅但勉強會對我的眼淚妥協，也就是說他吃軟不吃硬，而且不是剛剛那種小白花的表現法，需要更真摯、更發自內心一點的形態。

放開交疊的手，我以相當正直的模樣站在他的面前，揚起誠懇的微笑，並且盡可能忽視他鄙棄的表情。

「我們現在也算是朋友了，基於你應該沒有交過朋友，所以我會好好告訴你，首先呢，朋友就是要相互幫忙。」

「威脅也算嗎？」

「才不是威脅呢，是我們之間共同的小秘密。」

張大眼睛望著唐泓安，儘管表現出厭煩的模樣，但他從頭到尾都沒有否認過「我們是朋友」這一點，想到這裡我的心情就有點愉快，也就、更得寸進尺。

我抓住他的右手，用雙手緊緊握住並且捧在自己的面前，「我們是朋友啊。」

唐泓安撇著唇，無奈至極的嘆了一口氣。

「妳不是一堆朋友嗎？」

「教過我之後可能就會想跟我絕交了……」我喃喃唸著，不過他應該是聽見了，「但是你不一樣啊，就算你想跟我絕交我還是會抓住你的，以這點來說，沒人比你更適合了。而且也沒人比你更擅長理科了。」

「我先說好，下不為例。」

「嗯。」先點頭再說，反正唐泓安看起來也一臉不相信我的保證。

「手放開。」

我乖乖地鬆開，他以極快的速度將手抽回，殘留在我掌心之間的溫度卻從他抽離之後逐漸膨脹，體內安靜的萌生某種異樣感，我有些不自在地將手收到背後，呼吸著頓時染上尷尬的空氣，我努力搜尋適當的話題。

結果便是胡言亂語。

「你的手意外的漂亮吶，而且還很滑嫩。」

「閉嘴。」

「我是在誇獎你耶。」

「不需要。」

「人要坦率的接受稱讚，扭扭捏捏的會降低你幾乎沒有的帥度，而且——」

唐泓安轉身一把捏住我的左臉頰，我的聲音只能跟著打住。

又是左臉頰！

「不知道厚臉皮算不算稱讚呢？」

「我會說這叫堅韌有毅力。」含糊不清的反駁，「放手啦，這樣很醜耶。」

他沒有鬆手，反而還更用力了一點。

「臉皮這麼厚的人居然這麼愛面子，這麼衝突的兩點都在妳身上發揮到極致，我很好奇這其中的運轉機制。」

「這就表示我很特別。特別。懂不懂？」

唐泓安放開手，下一瞬間卻將掌心順勢貼放上我的臉頰，我有些錯愕地盯望著他，呆愣得不知如何動作，唯一相反的就是陡然加快的心臟。拚命地跳動。

他斂下眼，似笑非笑的勾起唇。

不知為何在這種時刻我總會隱約覺得這傢伙似乎有點帥氣，跟雜亂的外表沒有關係，純粹是整個人呈現的氛圍，讓人完全不去考慮其他的外在事項。

「妳是很特別……」

他收回右手，留下一句像喃唸又像評語並且帶著餘韻的話語後便連招呼也不打就轉身離去，注視著他的背影，聽著他踩踏著落葉的聲響，我不自覺撫著臉頰，思緒全然無法落地。

□

雨毫無預警地落了下來。

嘩啦嘩啦的拍打著各個角落，我稍稍推開窗就被竄進的雨絲沾濕上衣，我瞄了眼牆上的掛鐘，這時間點唐泓安應該在路上，而雨來得太過突然說不定他根本沒帶傘。

「真討厭。」

我跳下窗台，快步走到玄關抓起傘，打開門的瞬間發覺雨簡直大得不可思議，即使撐著傘也遮擋不住雨勢，我幾乎不敢想像假使他沒帶傘會變得多麼狼狽；不自覺加快了步伐，厚重的灰白色雨幕讓前方顯得太過模糊，也讓移動顯得格外困難。

「啊。」我頓住腳步，下一秒鐘旋即往前跑去，往後回想起這一幕，我總是感到有些恍惚，緩步走來的唐泓安全身濕得徹底，狼狽得讓人不忍卒睹，然而他卻依然用著毫不動搖的堅定步伐往前走來，如此孤單又如此，惹人心疼。

「為什麼不先找地方躲雨啊！」

我將唐泓安納入傘中，左肩碰上他濕透的手臂，濕冷的寒氣彷彿浪潮般席捲而來，我不禁打了個寒顫，天知道濕透的他會有多冷。

然而他卻伸出濕答答的手將傘推向我。

「我都濕了，沒差，妳撐就好。」

「怎麼可能沒差！」充滿怒氣的聲音被雨包覆著，來回撞擊在雨幕之中，「你以為自己很厲害嗎？繼續淋下去一定會感冒，而且我都來了，怎麼可能看著你在旁邊淋雨，要是這樣，一開始我連出門都沒有必要。」

我和唐泓安站在同一把傘下，一個人撐還相當有餘裕的傘，卻讓兩個人必須靠得那樣近；豆大的雨滴毫不留情的潑濺在我和他的肩上、衣袖以及雙腳，刺骨的寒氣從四面八方襲來，然而卻又有一股強勁的熱氣流轉在幾乎被兩人填滿的狹小空間，又冷又熱，讓這一瞬間變得難以言喻，也難以忘懷。

他伸手握住傘，手上的水珠滴上我的。

「我來拿吧。」

「嗯。」

唐泓安的讓步總是直接又隱晦，我低下頭，極力忽視彼此緊貼的身體，移動著被雨水浸濕的雙腳，嘩啦啦的雨聲彷彿奪去整個世界的聲響，卻獨獨遺漏唐泓安的呼吸聲。

又靜，又喧囂。

再也沒有一個瞬間能比此刻讓我更深刻的體認到我和唐泓安無論如何就是一個女孩和一個男孩。

「為什麼不帶兩把傘？」

「嗯？」

「算了。」他低聲的笑了，「看妳的樣子八成沒有想到這一點。」

「匆匆忙忙的本來就會漏掉很多事……欸，唐泓安，我好像第一次看見你笑耶，不是那種討人厭的笑，就是很普通的這種。」

「是嘛。」

「我覺得我好像一點都不了解你。」我愣了下，覺得自己的語句似乎有點曖昧，連忙補充說明，「我是說，我們是朋友了啊，有什麼事你可以跟我說啦，就算幫不上什麼忙，但至少可以陪你一起生氣或者一起難過之類的，當然你想哭我也不會笑你的。」

「妳好好走路不要一直扭動。」

「我有發現喔，你常常在這種時候扯開話題。」

「說了讓妳好好走路。」

「還是說，唐泓安你在害羞嗎？」

「閉上妳的嘴好好走路！」

又不小心得寸進尺的我完全忘記考慮兩人的處境，興奮的側身想捕捉少年的害羞表情，然而樂極總會生悲，動作過大的我結結實實撞上他的肩膀，又在下意識後退之際踩到石頭，陡然失去重心又拚命想穩住身體的我唯一的下場便是扭到腳。

不，是唯二，另一個附加的下場就是少年為了護住我而放棄傘伸手緊緊摟住我的腰。

不到十秒鐘兩人就濕得徹徹底底。

然而我和唐泓安僵在原地不止一個十秒，他的手堅實的摟住我的腰，熱燙的觸感比濕冷的雨更加強烈，為了自保而扯住他領口的動作，也導致了兩人過於趨近的的現狀，整個世界彷彿定格，剩下滂沱的雨還在動作。

先解除定格的唐泓安。

他放開手，若無其事地撿起傘再度將兩人納入傘下，我抬手抹去臉上的水痕，眼前的視線再度變得清晰，不小心瞄見他泛紅的耳根，這時我才知道，原來他並不是若無其事。

「能走嗎？」

「嗯。慢一點的話。」

他忽然伸手摟住我的腰，我的神經瞬間繃得死緊，他察覺我的異常，有一度似乎想收回手卻在猶疑之後選擇停留。

「扶住我，這樣走得比較快。」

「嗯。」

然而無論走得再快，對我和他而言都顯得非常非常的緩慢。

氣氛微妙到一種難以形容的程度。

我一邊擦著頭髮，一邊瞄著已經換好衣服坐在客廳默默喝著熱茶的少年，動作突然頓在途中，我睜大雙眼視線快速流轉在這間我再熟悉不過的屋子，喉嚨有些乾渴，心臟又開始過度運作，應該覺得冷的身體卻透著熱，但除了繼續將頭髮擦乾以外我想不到其他選擇。

偌大的屋子裡只有我和唐泓安。

只有一個少年和一個少女。

當然，我從來沒有懷疑過自己或者他的性別，但這是不一樣的，「知道他是一個男孩」與「將他當作一個男孩」兩者間是截然不同的，而人總是如此，儘管一切的條件與狀況完全相同，只要看待事物的角度有所改變，整個世界便會因此化作另一幅風景。

「不要再想了，不可能的，絕對不可能。」

「嗯，人總是會有產生錯覺的時刻，不要過度延伸，不可能的事情想多了也還是不可能。」

做好心理建設，頭髮也乾得差不多了，我大搖大擺地走到客廳，挑了個不必一直對著他的臉的位置坐下，只是我能控制座位，卻控制不了自己的視線。

他換上了哥哥的褲子，身上穿的卻是唐楓給我的衣服，比我預期的更加合身，儘管他依然頂著蓬鬆雜亂的頭髮和掛著厚重的眼鏡，但總是穿著過度寬鬆的他突然換上合身又有品味的衣褲後，總透著一股怪異；蹙著眉我有些不適應的瞄著他，恰巧碰上他的視線後欲蓋彌彰的低下頭，捧起面前的馬克杯，目光對上紅茶表面上的我的倒映。

「你身上穿的是唐楓的衣服喔，你應該會覺得開心吧。」

「不覺得。」

「不用逞強啦，我又不會笑你。」我呵呵的乾笑了兩聲，尷尬感越發濃重，我來回搜尋著掩蓋尷尬的話題，轉了一圈話題還是回到衣服上，「你知道我怎麼會有唐楓的衣服嗎？前陣子詩晴拉著我去看他拍攝，在一間咖啡廳裡，可是我對唐楓沒有太大的興趣，結果因為無聊而且沒睡好就打起瞌睡，最後居然把咖啡弄翻整件衣服都被咖啡染色，丟臉死了，而且回家之後洗了好幾次衣服也救不回來，這件衣服是唐楓給的，大概是看我太狼狽了，他人還滿好的，不過我沒穿過啦你放心，我覺得只要一換上可能會立刻被暗殺吧，好啦是沒那麼誇張啦，可是真的有人因此來找碴，好像是三班還四班的女生，看起來很喜歡唐楓的樣子，其中一個推了我另一個還這樣用力扯住我的衣領耶，她們好像很想要這件衣服，不過畢竟是唐楓好心給的，我也不能隨便送人，可是留在我手邊我也一直覺得很怪，想想還是覺得應該找機會還給他，不過在那之前讓你多穿幾天也可以，反正唐楓也不會知道。」

完全沒有給他答話的空隙，我自顧自的說著一大串話，馬克杯裡的紅茶幾乎失卻的熱度，我灌下一大口，卻窘迫的發現無論拚命說著多少話，兩人之間的尷尬從來就不是能夠輕易被掩蓋的事。

反而由於自己的努力，更加凸顯了尷尬。

「不要浪費時間，快點喝完快點開始。」

「喔。」我咕嚕咕嚕一口氣把紅茶灌光，唐泓安已經將筆記擺好，內容工整精美到讓人自嘆弗如，「原來學霸都是這樣做筆記的啊……」

「這本是給妳的。」

「給我？」我翻著筆記，裡頭將定義、公式整理得非常清晰，解釋也相當淺顯易懂，每道公式下還列有參考例題，我用崇拜的眼神熱切地望著他，尷尬什麼都比不上這一刻的感激，「唐泓安你怎麼對我這麼好……」

「我能有其他選擇嗎？」

我絕對不承認自己有那麼一點點的心虛。

心虛的時候轉移話題就對了。

「不過，筆記幾乎沒濕耶，明明你全身都像泡在水裡一樣，該不會，該不會你用盡生命在捍衛這本筆記嗎？唐泓安——」

「不要浪費時間！」他敲了下我的腦袋，用筆指著筆記裡的題目，「自己算，不會再問我。」

「我覺得你直接教我比較不浪費時間……」

「葉微微，」他用筆抵著我的左頰，又是左臉頰，癟著嘴我還來不及抗議，他就先發制人，「妳如果想被當掉就繼續說話，氣質溫柔的葉微微同學如果參加暑修應該也是能交到很多好朋友吧。」

唐泓安托著腮，再度用筆指著例題，我認命的拿出計算紙，一步一步設法解開題目的問號；然而我的心思卻始終無法完全專注在題目上，唐泓安的聲音，唐泓安的溫度，唐泓安的呼吸，關於唐泓安的這個存在，彷彿是另一道並列在難解的物理題目旁的提問。

在他的提示下我解開了題目，卻從這一刻起，我看見一道名為唐泓安的題目鮮明的擺在眼前。

不斷地問著自己。

□

事件總是在即將塵埃落定之際又被另一陣風揚起。

我恍神地盯著黑板上密密麻麻的白字發愣，無論講台上的國文老師解說得如何精采如何口沫橫飛我一個字也沒聽進去，整個腦袋都嗡嗡嗡地響著，中心擺著不久之前從詩晴口中拋出的流言。

「妳跟六班那個男生在交往嗎？我怎麼一點都不知道！」

「才沒有，我和他頂多就說過幾次話而已。」

「微微，妳到底有沒有把我當朋友？」

「怎麼了啦？突然這樣很奇怪耶，我跟他就真的沒怎麼樣，是有什麼傳言嗎？妳也知道大家無聊到只要看見男生女生走在一起就可以傳出八卦，如果連妳都這樣其他人不就會當真了嗎？」

「說過幾次話而已？」

「嗯。八成是上次他順路和我一起走到門口被誰誤會了吧。」

「不是門口，是路上，有人說看見妳和他很親密的走在一起，一起撐一把傘，他還摟著妳的腰。」

「什麼？」

「她很肯定是妳，很多女生也說看過你們兩個好幾次。」

「我——」

「算了，妳不想說就算了，我還是會跟其他人說妳跟那個男生沒關係，其他的等妳想告訴我的時候再告訴我吧。」

詩晴有些生氣又有些難過地走回座位，從她離開之後我的腦袋就一直呈現嗡嗡嗡的狀態，我一直不希望和程祐嘉有更多的糾葛，也不希望自己能成為流言中心，結果這兩件我不願意的事卻以最糟糕的方式疊合。

但難道我能宣告「主角是唐泓安不是程祐嘉」嗎？

除了否認之外，我還能多說什麼嗎？

況且這不單單牽連到我，還將完全不相干的程祐嘉強行拖下水，我無力地嘆著氣，縱使在乎詩晴的感受，但目前最重要的卻是程祐嘉。

於是我一下課就託唐泓安替我請程祐嘉到僻靜的美術館旁。

「這件事我自己會處理，而且你好不容易才從流言脫身。」

「我不在乎。」

「反正過一陣子就會不了了之了啦，我只是覺得要跟他道個歉，而且我有哥哥啊，推給我哥就可以了。」

說是這麼說。

我在階梯旁來回踱步，心情卻沉甸甸的，各種複雜的情緒填塞在我的胸口，我卻怎麼也找不出一個適當的開場白，直到程祐嘉從遠方拾步而來，我依然混亂得無以復加。

最後他停下。

而我也只能安靜地遞出歉意。

「對不起，讓你捲進這種事情來。」

「流言也不是妳能控制的，說不定該道歉的是我，妳才剛對我說過不希望傳出流言。」他給了我一個安撫的微笑，「可能是把哪個人誤認成妳了吧，這種沒有根據的八卦沒幾天就會結束了。」

或許，但目擊者信誓旦旦堅稱是我，更何況我還得知眼鏡女和馬尾妹躲在後頭推波助瀾；我不清楚「葉微微和程祐嘉的緋聞」究竟會替他們帶來什麼影響，但這從來就不重要，大多數的人不過是想打發時間，偶爾混進幾個像眼鏡女這種挾怨報復的人，壓根兒不會在乎是不是會翻覆另一個人的生活。

當程祐嘉否認流言，更會燃燒他們的好奇，非得將人徹底扒開得到一張臉孔。最後，又忘了自己花了多少心力，隨手就將答案扔棄。

「請你就直接否認吧，本來就跟你沒有關係。」

「該不會，流言是真的？」

我沒有回答，但偶爾沉默反而是最強烈的答案。

搖了搖頭，我緩慢轉身準備離開，他卻往前踩了一步，扯住我的手阻止我的移動。

「我可以承認。」

「為什麼？」

「每個人都認為是我，所以我承認是最無趣的結果，只要他們覺得無聊，很快就沒人在乎了。」

「你不需要做到這種程度。」

「我們是朋友，不是嗎？」

我能夠殘忍地告訴他「我是感激你但卻沒有認為我們是朋友」，點頭也不是，搖頭也沒辦法，於是不上不下的反應就被他視為肯定。

當他揚起爽朗笑容的同時，我猜想或許自己已經無法乾脆的推開這個人了。

「你不問嗎？」

「問什麼？」

「和我走在一起的人。」

「妳想告訴我嗎？」程祐嘉輕輕鬆開手，唇邊的弧度染上些許複雜，「每個人都有想藏起來的秘密，我想，那個人或許就是妳的秘密吧。」

□

每個人都有想藏起來的秘密，我想，那個人或許就是妳的秘密。

程祐嘉清朗的嗓音反覆在我腦海中回放，我的視線不自覺落在唐泓安的側臉，被遮掩住的面容只能看見白皙的下巴與抿起的唇，抿起的唇，我心虛的按住左臉頰強迫自己轉開注意力，卻又迎上詩晴來不及收回的難過眼神，摀著臉我煩躁的想大聲吼叫。

到底我的平順生活為什麼會弄成這副德性？

我想這兩個字大概這段時間都會壓在我的肩膀上了。秘密。

從什麼時候開始的呢？

用文藝虛幻的說法，命運的齒輪究竟從哪一處產生鬆脫了呢？

我抓著腦海中的絲繩一寸一寸往上攀扯，程祐嘉、陳雯、唐泓安，以及我，最後是一瓶礦泉水。

啊、礦泉水！

沒錯，假使那一天我沒有失手撞倒礦泉水，就不會潑濕唐泓安，也不會慌張想替他擦拭而踩到水漬，也不會因為踩到水漬跌倒而撲倒唐泓安……不，不對，礦泉水是無辜的，在礦泉水之前是我的失手，礦泉水好好的待在桌上，是我跑去撞倒人家的。

說到底根本是葉微微的自作自受啊——

「活該說的就是這種狀況嗎？」

「如果一開始就乾脆起身面對，說不定就不會有那麼多後續了……」

人總是抱持著某種僥倖，認為一個無傷大雅的謊言不會掀起多少波瀾，直到一陣陣難以抵擋的大浪撲來，才深刻的體悟到諸如「無傷大雅」這類的判斷權從來就不握在我們手上。

然而，當謊言被拋出，縱使之間存在著一小段能夠彌補的空隙，在那段極其珍貴的時間之中，我們拚命在做的卻是設法將謊言捏塑得更加圓潤、更像一件人人都能接受的藝術品。

我拖曳著充滿重量感的步伐往洗手間走去，想用大量冰水將自己的煩躁沖刷走，只是現實總是背離期望，我不僅碰觸不到冰水甚至還必須面對一團更大的煩躁。

陳雯擋住我的去路。

無論從哪個角度來看都是故意的，但我還是設想她不過是恰好停在路中間，又恰好面對著我，更恰好在我要繞開之際再度堵住我的路。

「借過。」

「妳想在路中間說話我也不介意。」

「我不想跟妳說話。」

「我也不想。」

「既然如此——」

我想，「既然如此」這四個字確實是個魔咒，無論句子後頭想接上什麼內容，情節的推展都會與句子往相反的方向邁進。

既然如此我和妳就沒必要交談了。我本來是想說這段話，然而光站在走廊中央就足以惹來關注的陳雯居然用她纖細修長的手猛然扯住我，踏步上前以只有我能聽見的聲音輕輕唸出咒語。

「我說過，關於唐泓安的一切我都在乎。」

而我，在陳雯眼中便是被圈劃在屬於唐泓安的一切之中。

我不能預料陳雯會為了唐泓安做出什麼事，但唐泓安曾經說過，永遠都不要低估一個人的執著，我不想節外生枝，更重要的是，我根本呈現被陳雯拖著走而抵抗不了的狀態。

將我帶到沒人的角落後陳雯才還我自由。

「妳跟六班那個男生是怎麼回事？」

「因為一個流言妳就這樣把我拖來？」

「一個流言？」陳雯冷冷地睥睨著我，漂亮的幽黑眼眸瀰漫著濃稠的不甘，「對方都承認了妳還能說只是一個流言？」

我無奈地嘆了口氣。

想要解釋話卻哽在喉頭，已經夠煩躁的我為什麼非得溫言軟語的向一個沒必要的人好好說明？

沒錯，沒必要的人，無論陳雯有多麼喜歡唐泓安，就算她喜歡唐泓安到能夠付出所有自己，她終究是一個與唐泓安無關的人。

「妳站在什麼立場質問我？」

沉下臉，我冷冷注視著陳雯，關於唐泓安的一切我都在乎，她的這句話像刺一般卡在我的胸口，那又如何，她就算在乎得要命唐泓安也不會是她的。

我大概是魔怔了，對於她的感情我明明感到心疼，而我也從未想狠狠去傷害哪個人；然而此刻的我，凝望著陳雯暴露最深的傷口，我幾乎是不經思考的，想狠狠將那道傷口撕扯到無以復原的境地。

「喜歡唐泓安所以就有質問我的權力嗎？妳沒有，聽好，陳雯妳沒有這種權力，不管妳有多在乎唐泓安，不管妳有多喜歡唐泓安，他都跟妳沒有關係，一點關係也沒有。」

我的雙手忍不住顫抖，不是這樣的，我並不想說這些話，我沒有傷害陳雯的必要，也不想傷害陳雯，只是我控制不住自己，失控到連自己都感到害怕；我止不住聲音，濃烈的憤怒從體內深處大量湧出，我注視著陳雯蒼白的臉，繼續刺穿她的疼痛。

「無論我跟唐泓安發生了什麼事，都是我和他兩個人之間的事，跟妳，一點關係也沒有。」

但跟我又有什麼關係呢？

我又有什麼立場對陳雯拋出這些傷人的話語呢？

她斂下眼掩去眸中的神色，身形顯得有些搖搖欲墜，她沒有反駁也沒有抵抗，就那樣安安靜靜站在原地，彷彿正任憑我的話語割劃著她無瑕的每一寸肌膚，那個在所有人眼中無比我行我素、無比強韌的陳雯，在我面前，卻踩在崩潰的臨界。

最後她用僅剩的力氣旋身，用著過於緩慢的步伐，一步一步的踏離我的視野。

當陳雯的身影踩出我眼前的畫面，我全身的氣力也彷彿被耗盡，癱靠在斑駁的紅磚牆垣邊，我陷入深深的矛盾裡頭，我幾乎不認得我自己，也不能明白自己的所作所為，腦海中只剩下陳雯那張蒼白的臉，彷彿無聲控訴著我——

「葉微微，妳又憑什麼呢？」

□

我又蹺了一堂課。

所有的一切似乎都是如此，彷彿只要有了開頭，就會有接下來的第二次、第三次。

躺在保健室的病床上，我眼神散漫地盯著灰白色的天花板，老舊的風扇轉啊轉的，連帶的也讓我的思緒繞進巨大的圓裡，我用力將胸腔的氣體盡可能地擠出來，又貪婪地吸取新鮮空氣，來來回回幾次，讓我的腦袋不由得發暈。

「微微，妳沒事吧？」

「嗯。」反射性應了聲後我才側過臉，迎上詩晴擔憂的臉龐，我想扯開笑卻力不從心，「我沒事。」

「妳臉色好差。」

「躺一下應該就會好了，妳怎麼來了，還沒下課吧。」

「覺得沒來看看放不下心，而且，」她有些猶豫的頓了下，挑選了最平淡的說詞，「聽說陳雯也早退了。」

陳雯。

我無力地閉上眼。

「微微，妳跟陳雯怎麼了嗎？我是說，之前妳們應該不認識吧。」

「對不起。」

「不用跟我說對不起啦，我不知道妳這麼為難，只想著自己是不是不被信任，可是我也知道，有很多事情不是想說就能說出來的，妳知道我不太會說這些話，反正，不管發生什麼事我都會陪著妳啦。」

「我應該要道歉，這段時間我說了很多謊，一開始我以為沒關係，但後來我知道並不是沒關係的時候也選擇逃避，結果好像就變得亂七八糟了。」

「微微……」

我需要出口。

需要把所有一切攤開的出口。

「詩晴，妳能聽我說嗎？」

「嗯。」詩晴重重地點頭，握住我的手，柔軟溫熱的掌心緊緊包覆著我的，「妳想說什麼我都會認真聽的。」

我深深吸了口氣，緩慢的拋出一個名字。

「唐泓安。」我說，「和我撐著傘走在一起的人是唐泓安。」

「什麼？」

「不只這一次，之前跟他在一起被拍照上傳的也是我，阿南在超商撞見的還是我，這陣子跟唐泓安有關的流言裡頭的女主角都是我。」

「怎、怎麼會？」詩晴的語句有些不流暢，「可是不對啊，陳雯呢？陳雯不是主動跳出來說女主角是她嗎？而且前陣子還說她跟唐泓安分手了……微微，妳、妳是他們之間的第三者嗎？」

或許吧。

就某種層面來說我確實是突兀的闖進了他和她的關係之中。

「他們沒有交往。」

「沒有交往？我不懂。微微，我越聽越混亂了……」

「因為本來就非常混亂，一開始我只是覺得跌倒撲到唐泓安身上很丟臉所以不肯承認，像鴕鳥一樣等著大家失去興趣，反正唐泓安也不會回答，我覺得自己之後也不會跟他有牽扯，再怎麼猜也不會猜到我身上，但是，」我煩躁的抓著瀏海，「陳雯突然跳出來插一腳，從那裡開始就全部亂掉了。」

「陳雯為什麼要跳進去啊？」

「因為……」因為她喜歡唐泓安，話才剛到唇畔又被我吞嚥而下，儘管我傷害了陳雯，但她的喜歡依舊不是我能隨意透露的。「我也不知道，說不定是想打消追求者的念頭吧。」

「我大概知道狀況了，可是，為什麼又會多了一個六班的程祐嘉？」

「因為他人很好。」

「什麼？」

「反正他的意思就是，既然大家誤會我和他，直接承認反而是最快讓事情過去的方法。」

我撐著手緩慢坐起，儘管只是像流水帳一樣把事情大概說了一遍，心情仍舊輕鬆了不少，至少煩躁感消除了大半；我感激地對詩晴笑了笑，卻撞上她在思考過後彷彿頓悟一般瞬間換上的誇張表情。

「妳沒有說為什麼妳會在星期六跟唐泓安撐同一把傘！」

「他、他人也滿好的，特地撥時間教我物理。」

「難怪妳沒有打電話來哀嚎……等一下，葉微微，妳是不是都跳著講啊？」詩晴瞇起眼，懷疑的盯著我瞧，「目擊者明明說妳被那個男的摟著腰，摟、著、腰，葉微微妳、妳該不會、該不會跟唐——」

「不要亂說啦。」

我忙亂的伸手摀住她的嘴，阻止她失控叫喊出唐泓安的名字，她扳開我的手，扯著我不讓我閃躲，「妳為什麼這麼緊張？」

「一堆流言已經夠亂七八糟的，不要再多了。」

「那為什麼摟著腰，妳還沒解釋。」

「就只是腳扭到而已嘛。」

「腳扭到。」詩晴用著不太相信的口吻重複一次，「姑且相信妳吧。不過啊，這樣聽起來，你們兩個關係默默變得很好耶，就算是唐泓安，也是有戀愛的機會吧。」

「說什麼啦。」

「找不出道理的喜歡最浪漫了。」

「方詩晴！以後什麼都不跟妳說了啦。」

「不要這樣嘛。」詩晴討好地搖著我的手，「不跟好朋友分享的戀愛就不是戀愛了啊。」

「妳還說！」

詩晴忍不住吃吃地笑了出來，我有些無奈卻也有些鬆了口氣，即使只是告訴一個人，多少也能當作正視謊言的出發點；或許，有一天我能好好的告訴陳雯，其實我跟唐泓安並沒有被圈劃在一起。

散滿保健室的笑聲忽然止住，我納悶地看著詩晴並順著她的視線扭過頭，門邊站著一道熟悉的身影，詩晴站起身捏了捏我的手，偷偷拋給我一個曖昧的表情。

「我先回去囉。」

「欸——」

詩晴揚長而去絲毫沒有停頓的跡象，我咬著唇安靜地看著唐泓安的走近。

一看見他就想起陳雯。

心情就變得鬱悶。

「放學之後我送妳回去。」

「我可以自己走。」

「妳跟陳雯怎麼了？」

「去問她不會嗎？」我撇開頭不去看他，甚至賭氣再度躺回病床，拉起被子將自己藏在裡頭，「我要睡覺。」

接著我聽見唐泓安離去的腳步聲。

悄悄拉下被子，方才他待的位置已經空無一物，一股煩躁突然湧出，我再度緊緊將自己裹進被子裡頭。

「叫你走就真的走嗎？不知道女孩子是要哄的嗎？」

「他該不會去找陳雯吧……萬一他知道我對陳雯說的那些話該怎麼辦？好煩啊，我到底是怎麼了……」

無論我怎麼拚命思考，胡亂揮舞的雙手都抓不住看似解答的尾巴。

反而由於漫無目的的撲抓，讓落在掌心裡的碎片斷羽更加模糊了思緒。

□

陳雯的早退在揚起之前就被另一場鬧事取代，而總是被擺在故事邊緣的我理所當然的被忽視，幾個女孩關心了幾句，但一個看來沒什麼大礙的普通女孩本來就不會得到太多關注。

詩晴想陪我回家，卻在瞥見總是一放學就離開然而今天卻還待在座位翻著書的唐泓安時頓時改變心意，挑了挑眉，不等我反應就跑出教室。

——放學之後我送妳回去。

唐泓安表達感情的方式總是非常直接又非常隱晦。

他闔起書的瞬間我有些心虛的別開眼，揹起書包低著頭想從後門慢慢離開，眼角餘光卻不住瞄往唐泓安的方向，他俐落地起身闔起椅子，看樣子似乎是真的打算送我回去，既然如此——

「葉微微。」

不是唐泓安的聲音。

況且他也不可能當眾喊著我的名字。

抬起頭我望向聲音的源頭，站在我前方不遠處的是帶著愉快微笑的程祐嘉，我愣了會兒，下意識將視線轉向唐泓安，卻在與他對上眼的瞬間飛快低下頭。

「我送妳回家吧。」

「不用了，我——」

「既然要當流言男主角，就要稱職一點。」

「什麼？」

「聽說妳下午人不舒服到保健室休息，當緋聞對象大概也有這種好處，所有關於妳的消息第一時間都會有人跑來告訴我。」他說，一邊走到我的身側，「我去過保健室，不過妳已經回教室了，但我想還是要有人送妳回去比較好一點。」

唐泓安會送我回去。

這種話想也知道不能說，我有些為難地扯著書包背帶，經過這陣子的相處後我差不多明白眼前的爽朗男孩實際上有一點固執，假使沒有足以打消他念頭的理由，或許他會自顧自地走在我身邊。順路。這種理由他用得相當順手。

「但是……」

顯得有些微弱的我的聲音停在半空中，不知為何腦中突然滑過詩晴的話語，「就算是唐泓安，也是有戀愛的機會吧」，什麼嘛，天知道為什麼會竄出這句話，我偷偷看了眼唐泓安，儘管繃著臉，但能堅持等在原地已經可以被寫上特殊紀錄了；只是，他的表現越是特殊，詩晴的話語就越是喧囂。

戀愛。

唐泓安。

這兩個詞彙簡直像兩隻正在比賽誰能拍出最大的音量的蜜蜂，繞在我腦袋裡頭來回飛舞，不斷發出嗡嗡嗡的響音，干擾我的思緒。

「但是什麼？」

「沒什麼。」我搖了搖頭，緩慢移轉身體的方向，雙手卻將背帶捏得死緊，「走吧，要麻煩你了。」

我拚了命忽略唐泓安還站在身後的事實，但越是拚命想揮開，他那張看不清表情的臉就越是鮮明。

「妳還好嗎？」

「嗯？我沒事。」

「妳看起來不太舒服。」程祐嘉輕笑出聲，「我也是可以揹妳喔，不要看我這樣，我的體力意外的好呢。」

不知如何接話只好再度搖了兩下頭。

情況似乎越來越往我無法理解的方向偏去了。

「妳不太說話呢。」

「嗯，我不是很擅長。」

曖昧的話說到一半任憑對方想像就好，究竟是不擅長和男孩子相處呢，還是不擅長聊天，又或者是不擅長面對尷尬的空氣，無論是哪個答案，最後的終點都是一樣的。

無論是多麼害羞安靜的人都一樣，面對想交好或者期望擁有更多進展的對象時即便不擅長到極點也會盡力掙扎，像我這樣消極又安靜的態度，縱使程祐嘉的熱情或善良比一般人更多，同樣經不起消耗。

單向的情感總是會面臨消耗殆盡的那一天。

「微微。」他突然拋出聲音，「我可以這樣喊妳嗎？」

「為什麼？」

「如果妳覺得不喜歡也沒關係，我只是覺得這樣能讓兩個人親近一點。」

「我是指，你為什麼要在我身上花那麼多時間？我知道一開始你是希望我不要被欺負，但這些日子你應該也很清楚，我的人際關係不錯，之前有過誤會的女生也沒有再來過，其實，你已經可以放心了吧。」

「妳也說那是一開始，不能當作我只是想跟妳好好當朋友嗎？」

「即使是朋友，不，應該說正因為是朋友，我才不能把你拖下水。」抬起眼我堅定地望著他，「明天我會好好解釋的，這本來就和你沒有關係，而且，要是因為我害你談不了戀愛就太糟糕了。」

認真說起來，對於程祐嘉我所抱持的感情複雜到難以說明，對他有所感激，卻也不希望彼此有更多牽扯，也一再試著和他劃開界線，卻也總是不敢將話說得太狠絕，畢竟他遞來了太多的善意；久而久之就產生了消極的念頭，想著，冷淡一點，消極一點，能迴避就迴避，慢慢的他也就會收回對我的注意力了，只是我總覺得自己欠他的居然越來越多，多到讓人感到有些愧疚。

「如果我因此談不了戀愛的話，妳會跟我交往嗎？」

「什麼？」

「嚇到妳了嗎？」

「嗯……」

「妳還真誠實。」程祐嘉輕笑了聲，深深吸了一口氣，「既然如此我也想誠實一點。」

他往前跨了一大步，轉身面向我，我不得不停下仰頭望向他。

夕陽的橘紅色光芒彷彿透過他的身軀潑灑而來，有一瞬間我看不清他的表情，只感覺那並不是存放在我印象裡頭的模樣，然而好不容易適應光線後，眼前的這個男孩臉上依然是他一貫的爽朗微笑。

「聽見我和妳的流言時我的心情很複雜，真的非常的複雜，我知道自己一直很在意妳，一開始我也解釋成是不希望因為自己的無視而讓妳被霸凌，但後來卻好像越來越不一樣，單純想和妳多相處一點也多認識一點，其實我也不太明白，大概有點憑直覺吧。」

他說，站在路中央的兩個人像被定格在夕陽餘暉裡頭一樣。

又熱又刺眼。

「說不定我應該感謝那個流言，妳來找我的時候我才終於明白，自己的心情。」

我想別開眼卻不由自主，只能緊緊握著拳安靜地注視著他。

原來還是不同的。

程祐嘉的話還沒說完，但我知道接下來會被遞交到我手上的是些什麼，我不是第一次面對這些，然而這次我終於理解，即便是相同的一切，由不同的人來進行演繹感受便截然不同。

「雖然這樣說有點遜，不過聽到真的有流言裡那個人的時候我突然很嫉妒，所以衝動地讓妳不要向其他人解釋，幾乎是直覺的想成為流言裡的那個人。」

「微微。」他停了一個呼吸，即使短暫卻顯得相當漫長，「我喜歡妳，所以我希望和妳站在一起的主角是我。」

即便不過是一個流言。

□

陳雯的心情也是一樣嗎？

因為喜歡，即便只是流言中虛妄的主角也好，即便自己比誰都更加清楚那是假的，仍舊希望被擺在對方身旁的能夠是自己嗎？

「葉微微妳生病了嗎？」

「沒有啊。」

「妳剛剛吞下一口青椒妳知道嗎？」

「什麼？」回過神來我才發現自己的口腔竟然瀰漫著一股足以毀滅地球的味道，抓起水杯我咕嚕咕嚕地灌下去，依然消卻不了可怕的餘味，「葉曼青是妳對不對！」

「是葉柏睿不是我，不過是誰都差不多啦，妳居然沒抗議他把青椒夾到妳碗裡，還乖乖地吃下去，微微，妳是不是壞掉了啊？」

「妳才壞掉。」我瞪了姊姊和哥哥一眼，「就算要測試也沒必要用青椒。」

他們兩個人放下碗筷，看這架勢飯是沒辦法好好吃了，我跟著把吃到一半的碗擱在桌上，口中的苦味隱約擴散到身體的每一個部分。

程祐嘉拋出告白宣言後，他並沒有要求回應，也沒有試圖得到更多的進展，彷彿他不過是極其日常的和我分享某個心事，除此之外他依然是那個總是以笑容遞來善意的男孩，然而卻因此放在我心裡的他的喜歡重量感越來越大，於是一恍神便會繞進無止境的糾結裡頭。

「小女生有自己的秘密我和葉柏睿不會逼問妳，但前提是妳飯要好好吃，書要記得念，生活也不能過得亂七八糟的，如果真的到那種程度，就表示妳自己解決不了，就應該找人幫忙，知道嗎？」

「嗯……」

「不過，看起來我們葉微微是有戀愛煩惱了嗎?上次還看見有男孩子送妳回來……」

「妳三秒鐘前才說不問的！」

「我說的是『不會逼問』。」姊姊再度端起碗，不時發出意味不明卻充滿「這傢伙居然也會有戀愛問題」鄙視感的哼聲，「果然世界還是充滿希望的，那個男孩子看起來不錯啊，高高帥帥的，笑起來的樣子看起來也很舒服。」

「妳、妳到底——」

「昨天我跟葉柏睿跟蹤妳上學啊。」

居然講得這麼坦然！

我悲憤地扒光碗裡的飯，站起身時一個不漏的各給了用力的瞪視，「不要以為你都沒說話就沒你的份，下次再有女孩子來，不要想推我出去！」

敵不過姊姊就攻擊哥哥。這是守則。

然而哥哥卻突然起身，不會吧，難道一向溫和的哥哥要教訓我嗎？

「緊張什麼？」哥哥寵溺地揉了揉我的頭，「沒聽見門鈴聲嗎？我去開門。」

扮了個鬼臉，我抓著碗走進廚房，正要將碗放進流理台時卻聽見哥哥的叫喚，我慢吞吞踱步而出，嘟著嘴，醞釀好的「又怎樣啦」在看見客廳中央那抹突兀的身影時差點嗆到，我不可置信的瞪大雙眼，對方仍舊沒有多少反應。

「你、你怎麼會在我家？」

「按了門鈴之後妳哥哥帶我進來的。」

「不是問這個！」

「我把衣服帶來還妳，如果妳想的話，我可以陪妳到雜誌社把衣服還給唐楓。」

「——唐楓？」

以高八度聲音插話的是葉曼青，糟了，要是讓她知道我一度擁有過唐楓的衣服，不僅乾脆地扔進洗衣機，還隨便借給同學穿，甚至打著送還的主意，我百分之一千會被丟進地獄；於是我當機立斷，不留給她追問的機會，箭步跑到客廳扯住唐泓安的手，不由分說就拉著他往外跑。

漫無方向地往前奔跑，總之奔跑的理由就是奔跑，直到看見熟悉的公園我才氣喘吁吁地停下，轉頭瞄了一眼唐泓安，他居然神色不改地盯著我看。

「有必要跑這麼遠嗎？」

「你、你不知道，我姊，我姊對唐楓有、有多執著。」

「妳體力也太差了吧。」

「氣質的美少女不需要體力。」

他冷笑了聲。

但我不想知道他的冷笑究竟是針對哪個環節。

「你剛剛說什麼衣服？我沒聽清楚。」

「唐楓沒有經紀公司，所以直接把衣服拿到雜誌社請他們轉交，那些禮物都是這樣送到他手上的。」

「真不愧是唐楓的粉絲耶，知道得真清楚。」

「這種事隨便上網查都能查到。」他似乎瞪了我一眼，不過沒什麼力道，亂七八糟的瀏海跟沒品味的鏡片也是有用處的，「可以走了嗎？」

「嗯。」我站直身子，但旋即壓住腰，「好痛。」

「怎麼了？」

「剛吃飽就狂奔，胃好痛。」

「妳真的是每一次都會有問題。」

唐泓安用冷冷的口吻嫌棄著，下一瞬卻將我打橫抱起，我詫異到幾乎忘記胃痛，睜大雙眼愣愣地盯著他的側臉。

「我，我可以走……」

「誰知道妳會不會走到一半又惹出其他問題來。」

唐泓安將我放到長椅上，動作輕緩地讓我有過多的時間仔細感受著關於他的一切碰觸一切熱息與一切想像的膨脹，放開我之後他在我身邊坐下，又用著明明與他不搭卻又毫無違和的霸氣伸手將我的頭壓到他肩上，來不及反應的我回過神來就已經倚靠在他身上了。

我的心跳得好快。

「我、我就說了我沒事……」

「人不是對關於自己的事特別敏感就是特別遲鈍，妳就是遲鈍的那一類。」

「我哪有……」

我有些心虛地喃唸著，垂下眼玩著自己的手指，唐泓安維持相同的姿勢安靜地坐著，偶爾有一陣風吹來，卻更加凸顯了此刻我與他的靜謐感。

並不尷尬，反而有些安心。

「你不問嗎？那天陳雯找我的事。」

「那麼久之前了，妳不說，我就當說妳不想說了。」

「去保健室看我也是讓我有機會說嗎？」

「我只是順路過去。」

「要走去哪裡才能順路到保健室？」我有些好笑地問著他，但這確實是唐泓安的風格，「不是說我屬於遲鈍的那一類嗎？而且我也不是喜歡多做猜測的人，所以下次有什麼話，不管是好的或者壞的，直接一點告訴我會比較好喔。」

「妳不是要說陳雯的事嗎？」

「嗯。」我坐直身體，有些無措的盯著沙地上的石頭，「我對她，說了很過分的話，說不定比你對她說的話還要過分。」

「妳要對她說什麼都不需要我的同意，我跟陳雯沒有任何關係。」

「唐泓安。」我輕輕喊著他的名字，「有時候我覺得你人其實很好，雖然嘴巴壞了一點，但只要一想到你對陳雯的態度，我又弄不清楚了。我啊，只要是對我好的人，就算心裡感到麻煩或討厭，都會想著『可是這個人是真心對我好』，結果就只能很消極地避開，讓兩個人自然而然的疏離；所以看見你毫不留情的對待那樣喜歡你的陳雯，我總是覺得有一點害怕。」

「妳知道真正的殘忍是什麼嗎？」

「真正的、殘忍……」

「明明看見對方的傷口，還任憑它惡化潰爛，告訴自己『反正本來就不關我的事』。陳雯對我的喜歡就是一道傷口，放任她的喜歡只會讓她的傷口越來越嚴重，我不能給她的，就不應該讓她有所期望。」

「唐泓安，你喜歡過哪個人嗎？」

「大概吧。」

「喜歡，到底是怎麼樣的一回事呢？」

「不知道。」

「但是，真難想像你喜歡的類型呢，畢竟連陳雯這種女神你都看不上。」

「我喜歡笨一點的。」

「什麼？」我噗哧笑了出來，方才的沉悶全都一掃而光，看他一臉正經也不知道是不是在開玩笑，「你的喜好還真特別。」

他瞄了我一眼似乎不打算接話，刷的一聲站起身，卻把手伸到我面前。

「要扶妳嗎？」

「我才沒那麼虛弱。」

然而我還是搭住他的手，藉由他的支撐站起來，只是卻沒估算好距離兩個人靠得太過貼近。

我下意識往後退了一步小腿卻撞上長椅，失去重心即將跌倒之際又被唐泓安拉住，儘管我的物理總是不及格，但作用力與反作用力這個基本定理我還是懂的，於是我毫不留情的撞上他的胸口，而為了阻止後續效應，唐泓安用了不小的力氣箝住我的腰，一切終於回歸靜止，定格畫面卻是我撲在他懷裡。

我居然對這個位置開始感到熟悉了。

「我就說，妳隨便都能惹出麻煩來。」

「人總是有不小心的時候嘛。」

「在妳身上特別多。」

我跳離唐泓安的胸前，屬於他右手的力量似乎還殘留在我的腰際，我有些慌亂的拉了拉衣服，盡可能若無其事地扯開笑。

「不是要去雜誌社嗎？走吧，你帶路。」

「如果妳確定要穿這樣去我不會反對。」

「對我的穿著是有什麼意——」

天啊天啊我穿的是睡衣啊！而且不是邋遢運動服的等級，而是不容忽視的成套碎花睡衣啊！雖然糗了點，衣服本身也挺可愛的，但問題是，剛剛那些談心畫面、曖昧畫面，或是撲來撲去的場面，通通都是以這身小碎花為前提……

我好想到旁邊的沙坑挖洞將自己埋下去。

沒有選擇我又算了最壞的決定，往前踏了一步不管不顧的撲進唐泓安的懷裡。

「假裝我昏倒抱我回家，拜託你，不然真的把我打昏也可以。」

他嘆了一口氣。很大口的那種。

拎住我的衣領將我拖離他的胸前，我正預備要裝可憐，但還沒施展他就再度將我打橫抱起，還低頭向我拋出調侃的話語：「頭不用埋起來嗎？」

「我都不知道到底我是你的黑歷史，還是你是我的黑歷史了……」

「有差嗎？果然是個笨蛋。」

「看在你抱我回家的份上我就不跟你計較了。」

貼靠在他的胸前，屬於他的心跳聲清晰地傳遞而來，縱使我的心跳有些失控，卻又感覺另一種特別的安心感。

從什麼時候開始對於他的一切感到安心呢？

「我突然想起來，我好像根本沒有看過你的臉，要是哪天你換了髮型，說不定我就認不出來了。」

「反正妳一惹麻煩我就不得不過去了。」

「說得我好像一直在惹麻煩一樣。」

「要我數給妳聽嗎？」

「算了。」我抬手輕輕捶了他的肩膀，卻聽見他的低笑，「這是你第二次笑得那麼開心呢，我也有數。」

「是嘛。」

「以後還會有第三次第四次第一百次吧，你放心，我不會拋棄你的，畢竟我是你唯一的朋友啊。」

□

我的日常又逐漸歸於平靜。

話是這麼說，但其實又不太一樣，至少從前我的日常裡不會有程祐嘉的出場。

每天早上在我前往學校的途中笑著出現，放學時也笑著在校門口等著，兩人並肩走著的畫面不久前還會惹來注目，現在已經不再有人在意，在除了唐泓安與詩晴的其他人眼中，我和程祐嘉毫無疑問就是一對情侶。

況且，得知他的喜歡之後，我更沒辦法拋出「我們什麼時候該『分手』啊」這類的話，即便已經在鏡子前練習過幾次，一旦面對真人根本完全派不上用場。

結果我又很沒用的採取能躲就躲的策略。

例如現在。

「喔，是程祐嘉，不跟他打招呼──」

「閉嘴。」

匆忙摀住方詩晴的嘴巴，用超乎極限的力量將她往後拖，移動一段距離後才放手改扯住她的手腕，再度拔腿狂奔遠離會碰上程祐嘉的高危險區域。

甚至爬上了四樓，直到跑進平時根本不會有人來的美術教室才停下腳步鬆開她的手。

「累、累死了……」

「微微妳為什麼突然拉著我狂跑啊？不過就是要跟程祐嘉打個招呼，啊、妳在躲他嗎？」

「能不躲嗎？」

「但你們不是每天一起上下學嗎？我以為你們──」

「任何妳的以為都沒有。」深呼吸慢慢順著呼吸，我拉開椅子有些沒形象的坐下，但危急時刻就不計較了。「我說過三百萬次了，他每天都在途中等著，雖然想讓他不要再花心思在我身上，但一想到他的心情我就開不了口……」

「他的心情？我就說程祐嘉喜歡妳吧！葉微微，妳真的很不夠朋友耶。」

我瞄了激動的方詩晴一眼，抬手將她拉到另一張椅子坐下，但她立刻移動椅子逼近我的面前。

快說！她的眼神帶有十足的壓迫力，重重的壓在我的每一寸肌膚上。

「看吧，被妳知道就會這樣。」我嘆了口氣，雙肩無力的垂下，「他是說過喜歡我，妳冷靜一點，就只是這樣而已，他沒說要交往，也沒有問我的想法，就好像只是想對我說這件事而已；其他的事妳就都知道了，他會出現在我來學校的途中，也會等在校門口，偶爾在路上碰上也會過來和我說話，妳不要擺出這種期待的表情，除此之外就沒了，假日也沒有約我，我們甚至沒有交換電話。」

「為什麼？」

「哪有什麼為什麼，我就對他沒什麼想法啊……」

「他有哪裡不好？長得不錯，個性又好，還會音樂，而且又對妳這麼好。」

「喜不喜歡一個人哪有這麼簡單，不然之前妳怎麼會喜歡上那個奇怪的學長。」

「也是啦。」詩晴不太好意思的吐了舌頭，眼神轉了一圈後瞬間換了表情，「葉微微，該不會——」

「該不會什麼？」

「妳該不會喜歡唐泓安吧！」

「就叫妳不要隨便亂猜了嘛，我跟唐泓安關係是不錯，但才不是什麼喜歡……」

別開眼我有些扭捏的否認，不對，有什麼好心虛的，我跟唐泓安本來就只是朋友而已。

但方詩晴壓根兒沒有察覺我的心理活動。

「也是啦，正常狀況下就不會考慮唐泓安了，何況還有程祐嘉在。」

這什麼意思？

撇了嘴我忍住反駁的衝動，雙手卻緊緊扯住裙襬，妳根本不認識唐泓安吧，妳們這些人甚至沒跟他說過話吧，既然如此憑什麼一個個都自以為是的批評他？斂下眼我拚命告訴自己不能衝動，詩晴的輕快卻殘忍的話語卻又在耳畔響起。

「其實跟程祐嘉試著交往看看也不錯吧，不討厭就是喜歡的第一步啊，而且，最近有好幾個人都看過妳跟唐泓安有說有笑的，雖然妳對誰都很好啦，不過妳還是離他遠一點比較好吧，已經有人開玩笑在說『微微說不定會被唐泓安搶走』之類的話了，畢竟他也曾經跟陳雯交往過，要是妳跟他被扯在一起，會很慘的。」

詩晴是為我好。

嗯，她是為了我好。

低著頭我一次又一次的說服自己，然而根本忍耐不了，我猛然站起身直直望向詩晴，依然拚命忍住想扯住她衣領的衝動。

「不要這樣子說唐泓安。」

「微微妳怎麼啦？」

「妳根本不算認識他吧，那些人也是，連一句話都沒跟唐泓安說過，憑什麼講得一副好像看透他一樣？為什麼他又非得跟程祐嘉比較不可？沒錯，我也知道程祐嘉不錯，但是他再好也不等於唐泓安不好吧，其他人說的話我告訴自己不要去聽，但妳是我最好的朋友，我不希望連妳也這樣說他。」

「微微……」

「唐泓安他，他也是我很重要的朋友，如果有人說妳壞話我也會生氣，但我還能替妳反駁替妳說話，可是我什麼都不能替唐泓安說，所以，所以……」

「微微妳不要哭啦，我以後不說了，對不起嘛，不要哭了嘛……」

我的眼淚不受控制地掉了下來，胡亂地抹去卻一再覆蓋上新的水痕，詩晴有些慌張地抓著我的手，我吸著鼻子可憐兮兮地看著她，只能不停的用手擦掉眼淚，卻只是讓自己越來越狼狽。

「我、我停不下來啊……」

「微微——」

「葉微微妳很吵。」

我和詩晴都突然愣住，一起將視線轉到後方角落，趴在桌上的唐泓安忽然出現在模糊的畫面裡頭，他一邊起身一邊打了個呵欠，看了我一眼之後似乎有些無奈的站起身，我和詩晴僵在原地緊盯著他的移動，最後他走到我面前，扔給我一包面紙。

「你、你怎麼在這裡？」

「我一直都在這裡。」

「一直？」

「要說的話，是妳們吵到我了。」

什麼？

我和詩晴偷偷對看了一眼，沒想到我每次在電視劇看到都會嗤之以鼻的「碰巧」情節居然在現實生活中上演，等等，往好處想，他剛剛在睡覺吧，說不定他只是聽見吵鬧的聲音，卻不知道具體的內容。

「你剛剛，有聽見什麼嗎？」

「從妳們跑上樓開始。」

「那不是一開始嗎？」我失控扯著他的領口，「既然你在就出個聲啊，你這傢伙擺明就是要偷聽吧！」

「這樣好嗎？」他瞄了一眼詩晴，後者看著我的行徑連嘴巴都合不起來了，「而且我就算想出聲也找不到時間點。」

鬆開手我哀怨地瞪著他。

詩晴來來回回看了我和唐泓安好幾次，才恢復正常的表情。

「微微我第一次看妳這麼激動耶，不對，連剛剛的一起算應該是兩次。」

「拜託不要再提剛剛了……」

「唐泓安，對不起，不認識你就說了你的壞話，既然你是微微的朋友，也就是我的朋友了，以後我們好好相處吧。」

「不用。」

「什麼？」

果斷拒絕完唐泓安就乾脆的轉身離開美術教室，留下錯愕的詩晴和只能傻笑的我。

「他、他剛才……？」

「唐泓安的個性有點不太好，那個，習慣就好了。」

「難怪連妳都會扯住他的衣領，我好像有點明白了……雖然有點難，但我會盡量跟他好好相處的。」

「辛苦妳了。」

「微微，如果，我是說如果，哪天要是妳真的跟唐泓安有了戀愛上的發展，拜託妳一定要提早告訴我。不，乾脆現在就告訴我吧，妳跟他有沒有可能？」

「妳在說什麼啦。」

「只要有百分之一的可能性，我就會從今天開始進行心理準備，微微，為了妳，我會努力的。」詩晴突然抓住我的肩膀，「所以微微，告訴我，妳跟唐泓安不會有戀愛發展吧？」

□

只要有百分之一的可能性，就是有可能。

詩晴是這麼說的。

自從她纏著我追問後，彷彿在我腦袋裡拋下一顆種子，慢慢抽芽生長，舒展開的每一片葉子都是滿滿的問號，順著葉脈滴落的水珠中涵藏的並不是答案，而是一個個膨脹的揣想與臆測。

當人一旦失足陷入想像的漩渦裡頭，所有曾經被忽視甚至無視的瑣碎情節都會再度跳出、像擺在一面大大的放大鏡後頭被過度解析，諸如與唐泓安一次次的碰觸、他隱晦卻真實的笑聲、他直接但又曖昧的善意，以及特別。

「在我的理解裡唐泓安應該不會這麼做卻為了我這麼做了」，這句命題，簡直是壓垮我意志的最後一根稻草。

於是我很沒用的先躲再說。

我突然感覺自己的校園生活也滿不容易的，這邊躲著唐泓安，那邊躲著程祐嘉，還有一個躲不過的方詩晴成天伸出兩手掌心召喚出唐泓安獸與程祐嘉獸，用一種「想破下一關就得養一隻萌寵，這是規定」的強硬態度，逼著我二選一。

趁著她還在抄剩下的筆記，逮到空隙的我喊了聲「我去洗手間」便以少年們奔向球場般的急切飛快衝出教室，思緒流轉了一圈，美術教室已經被我列為禁區，保健室太遠，唯一能稍微喘息的隱密空間大概只有回收區旁了。

雖然地點不太符合少女的氛圍，但迫切需要揮開一切關於兩隻萌寵選擇題的我沒有挑剔的餘裕。

「真是的，我的校園生活怎麼越來越費力了？」

「整天繃緊神經害我全身肌肉痠痛……」

用力伸了懶腰，我一邊揉著有些僵硬的肩膀，一邊物色著適合落座的位置，我突然愣了下，似乎聽見哪個人說話的聲音，卡在原地的我既不想往後退，也不太想摻和進別人的漩渦裡，不是不好奇，只是經歷這些日子的波折後，我深切的體悟到

「好奇心會殺死一隻貓」這句話的悲切警世意涵。

調頭離開吧。

「唐泓安，為什麼你就不能把你的目光放在我身上……」

我的腳步瞬間定格。

剛剛我聽見什麼了？

甩了甩頭，大概是聽錯了，最近我始終處於過度敏感的狀態，不管是聽見糖葫蘆或是溏心蛋都會第一時間僵住，八成又是過敏反應之一；然而我往回走了兩步又不爭氣的折了回來，就看一眼，一眼就好，確認是糖葫蘆或是溏心蛋之後就走，一個字都不會多聽。

我躡手躡腳的慢慢靠近，兩道身影隨著移動慢慢躍入我的視野，躲在其實遮不太住我的樹幹後頭，我拚命告誡自己停住，再踏近一公分都不行，趕快調頭離開，本來就只想瞄上一眼，但我卻一動也不動的膠著在原地。

不遠處面對彼此站著的是沒辦法被錯認的兩個人。

唐泓安和，陳雯。

「不要再把時間和力氣花在沒必要的事情上了。」

「有沒有必要不是你說了算，是我。」

「就算是那樣，妳能不能得到妳想要的，決定權卻在我的手上。」

「那麼葉微微呢？」

「不要扯上她。」

「只要提到葉微微，你就會有反應呢。」陳雯輕輕冷冷的笑了，我看不清她的表情，卻彷彿聽見笑聲裡的哀傷，悠悠長長的。「但她已經到另一個人身邊了啊，你也知道吧，她和那個男生每天都待在一起，每個人都知道他們在一起，提起葉微微時就會有人提起他，可是唐泓安呢？一開始就沒有出現過，你在所有人眼中跟葉微微一點關係也沒有喔，我本來以為你們只是想安安靜靜的喜歡彼此，但看起來不是這樣呢，一樣是喜歡，葉微微肯每天和他走在一起，卻連提都不願意提起你，這樣對待你的人，你還打算繼續擺在心裡嗎？」

「跟妳沒有關係。」

「生氣了嗎？因為被戳破了嗎？你寧可把感情給那樣的葉微微，也不肯多看我一眼嗎？」

我突然發現自己的手正輕輕顫抖著，陳雯打從一開始就誤會我和唐泓安之間的關係，我也清楚唐泓安沒有反駁不過是作為拒絕她的手段；然而她和他的對話卻太過真實，幾乎讓我以為是真的，我幾乎無法拿捏謊言和事實的界線。

有一瞬間，我居然希望那是真的。

……為什麼？

咬著唇我有些驚愕地後退一步，踩上落葉的聲響猛然將我驚醒，我甚至無暇顧及是不是已經被他們察覺，屏著氣我立刻轉身快步離開，整個腦袋裡卻充斥著陳雯的質問，我反覆告訴自己，那是她和他的事，自始至終都與我無關，我不過是被唐泓安隨手安放進去的謊言，不過是個誰都可以取代的模樣，從來就不是真的。

縱使唐泓安一再對陳雯說著「妳與我無關」這類殘忍的話語，只是比起陳雯，我對唐泓安而言更加無關吧。

頓住腳步，我的手不自覺撫上左臉頰，這裡一再承接他無心的碰觸。

只是，他的無心，卻始終放在我心上揮之不去。

「葉微微。」

我下意識回頭，慢慢朝我走來的少年既在意料之外，也在意想之內。

唐泓安在我面前停下，兩個人隔著不算遠也不算近的長度，或許我和他一直都維持著這種狀態，彷彿能輕易的碰觸到彼此，卻也是對方只要一轉身就抓不住的距離。

「妳在這裡做什麼？」

「路、路過。」

「沒有一個地方需要路過這裡。」

「反正就是路過。」我的思緒混亂到甚至說不出第二個答案，「我要回去了。」

我才預備轉身，唐泓安卻突然往前一步，伸手抓住我的手肘，我抬頭望向他那張總是無法看清的臉，第一時間的反應便是試圖掙脫，卻絲毫抵抗不了他的力道，反而讓他的溫度與疼痛更加強烈的攫獲我的知覺。

「放開我。」

「為什麼躲我？」

「我、我哪有躲你……」

「不然最近為什麼看見我就跑？」

「我才沒有。」我別開眼，卻抗拒不了從右手肘傳來的力量，我的心慌張地無以復加，一道隱隱約約的答案就端放在面前，瞄了一眼輪廓的我卻不敢看得更仔細。「我和你本來就不是能隨便說話的關係……」

唐泓安的手有一瞬間的鬆脫。

我猜想或許這也屬於人的求生本能，混亂到話都快擠不出來的我居然能精確的掌握他鬆懈的剎那，抬手奮力一甩，掙脫之後絲毫沒有拖延飛快的奔離現場，然後我一邊想逃，一邊卻又想著唐泓安會不會再次追上來，兩道矛盾的念頭在我腦中相互拮抗卻也相互融合，反反覆覆，直到我跑到了人來人往的走廊，回頭一望，身後卻什麼也沒有。

然後我的眼淚掉了下來。

安安靜靜的，彷彿天空落下的唯一一顆雨滴。

卻沒有人知道理由。

□

渾渾噩噩的回到家，我連拖曳出哥吉拉般沉重腳步的力氣也沒有，輕飄飄地走進客廳，手一鬆，書包隨意滑落在地，愣了會兒我繼續往前走，聽見動靜的姊姊納悶地回頭，在她發問之前我軟趴趴地賴進她的懷裡。

她頓了幾秒鐘後輕緩地拍著我的背。

特別沮喪的時候姊姊總是不會主動提問，她對我說過，讓人越痛的事物越難向哪個人傾訴，這時候只要待在對方身旁靜靜的等待就好。

然而我卻做出最糟的反應。

——我和你本來就不是能隨便說話的關係。

明明不久前才信誓旦旦告訴他「我是你唯一的朋友」的我居然對他說出這種殘酷的話，我的無措不能成為我傷害他的理由，但我終究是傷害他了。

因為害怕。

陳雯朝唐泓安拋出的每一句話像一雙雙扯住我肩膀劇烈搖晃的手，讓遍佈在我體內的問號接連摔碎，而其實我們總是明白的，提問的核心便包裹著答案，於是我不敢望向那些碎片，害怕看見所謂的答案。

然而不看就能真的看不見嗎？

不過是自欺欺人罷了。

「我做了很糟糕的事……」

「嗯？」

姊姊柔軟的掌心溫柔地貼放在我的背上，具切的溫度不斷滲透進我的體內，我將頭埋進她的胸口，充滿悶滯感地從我唇畔溢出。

「我一直很努力不要去傷害別人，明明對大多數的人都能做得很好，可是我卻傷害了最應該好好對待的人……之前跟哥哥吵架的時候也是，心裡知道不可以，比誰都知道哥哥會因為哪些話而難過，卻還是故意說出來了，我不想，卻控制不住自己……」

「正是因為控制不住自己吧。」

姊姊輕聲嘆了氣，將下巴抵在我的頭頂，聲音隔了很長一段時間才再度接續。

「在妳心裡柏睿比大多數的人都更加重要，也更加讓妳在乎吧，所以她會觸動妳的情緒，影響妳的判斷，甚至讓妳沒辦法在理智和感情之間取得平衡，像妳說的，明明在乎卻也因為在乎，這一點，每個人都只能慢慢學習，一次又一次，有一天當妳體認到『不要傷害對方』這一點比妳想保護自己的感情更重要的時候，妳就不會說出口是心非傷人的字句了吧。」

隱喻。

姊姊知道我指涉的人並不是哥哥。

「那、那該怎麼辦才好……？」

「妳覺得怎麼辦就怎麼辦啊，上次妳不是為了跟葉柏睿道歉做了各種討好他的事嗎？」

「可是哥哥說不需要。」

「是不需要，但有些事還是必要的。」

有些事還是必要的。

例如道歉。

以及，坦率。

兩者對我而言都異常艱難。

因為前提都是必須面對唐泓安。無論是抽象意義的面對，或者物理性質的面對都是。

「去買薄荷糖吧。我想吃。」

「喔。」我有些不情願地離開姊姊懷裡，薄荷糖不是重點，「人必須自己想通」是她的圭臬，一個人安靜的散步是最適合的活動，至少在她看來是如此。「可是家裡的還沒吃完……」

「改買牛奶糖也可以。」

意思是沒有任何商量的餘地。

鼓著嘴我以慢到差不多要激怒姊姊的速度移動，然而打開大門那瞬間，迎面而來的涼風確實鎮定我的心情，可情緒還沒落地就又被一閃而過的浮影再度掀起動盪。

——你寧可把感情給那樣的葉微微，也不肯多看我一眼嗎？

從陳雯這句話開始，我的理智出現了極大的裂縫，我居然希望這句話成為肯定句，我甚至冀望唐泓安毫不猶豫地點頭，但我卻不敢往下聽，於是我轉身逃離，當唐泓安追上時，我體內的動盪劇烈到讓人感到害怕，我還沒做好面對他的預備，甚至、還沒做好面對自己的準備。

然而答案不就擺在面前嗎？

「寫出答案就可以離開模糊的灰色地帶，卻因為不知道門外的風景，所以不願意作答，能拖就拖，就算是灰色地帶但至少比未知來得讓人放心，嗯，真像個寓言故事，可是，」我揉亂了瀏海，「作答有時間限制喔。八成會出現這種討厭的角色，還用一種不懷好意的笑容準備把人往外扔。」

我經過超商卻沒有進去，多走了一段路到附近的公園找位置坐下，啊，被公主抱的地方，還兩次，但超商也是我撲進他懷裡的地方，左邊的巷子甚至是他的嘴唇碰到我左臉頰的地方，更別說剛才那條路，他也陪我走了不下十次，就算設法繞開這一切，他也還是去過我家。

我此刻才驚覺，原來一個人要滲透進另一個人的生活居然如此簡單。

「旁邊有人坐嗎？」

「沒、沒有。」

我瞬間正襟危坐，身體有些僵硬，一雙眼睛忍不住往左邊瞄，又快速來回巡視四周，明明空位到處都是，為什麼他要跑來坐我隔壁？

不對，更根本的問題在於，這個人為什麼會出現在這裡？

蹙起眉我認真的思考，遺憾的發現我對他的資訊幾乎一無所知，轉念一想，他對我的影響力低到我根本不需要神經緊繃啊，於是我很豁達的垂下肩膀，一邊玩著手指一邊進行起身離開的預備。

然而他卻向我搭話了。

「妳是上次那個打翻咖啡的女生嗎？」

「嗯……」記憶力還真好。雖然也可能是太有記憶點了。「謝謝你的衣服，我會找一天送還給你的。」

但衣服還在唐泓安手裡。

要不是拐到腳，「唐楓的衣服」就不會一直被歸類在懸而未決事件區了，但正因為拐到腳，冷冰冰的唐泓安才會抱著我回家，人生中各式各樣的事件大抵都是一種因果，只是大多數的我們總是得到了果之後才會恍然大悟而設法回溯起因，然而早已遲了一大步，這時即便是如何再考慮著「如果」也絲毫沒有用處。

例如「如果我不要躲著唐泓安」或者「如果我不跟唐泓安說那些話」這類的假設就一點用也沒有。

「妳有聽見我說的話嗎？」

「什麼？」

「我已經拿到衣服了，雜誌社說是一個姓唐的男孩子拿來的。」唐楓稍微頓了下，「是妳的朋友嗎？」

「嗯。」

我有些心不在焉的應聲，人生實在是非常玄妙，當一個人對某個存在越是感到困惑或者越是想逃躲的時候，反而會像被過度搖晃的蘇打汽水，一拉開扣環便瘋狂的湧出大量的氣泡，接著便混亂了一個人的所有行動。

結果所有的注意力就全被蘇打汽水控制住了。

滿腦子都是唐泓安。還是泡在蘇打汽水池裡頭的那一種。

「聽主編說是個讓人印象深刻的男孩，沒能碰見一直讓我覺得很可惜，能跟我形容一下他是什麼樣子的人嗎？」

……什麼樣子？

是啊，我甚至從來沒看清過唐泓安的模樣，無論是容貌，又或者內心。

「關於他我沒什麼好說的。」

突然站起身，對著唐楓我有些勉強地扯了個笑，儘管他的語氣中並沒有帶有太多的偏頗，但「讓人印象深刻」這種說法讓我感覺非常不舒服，只是我既不想跟他深交，更不想與陌生人談論唐泓安，最果斷的選項就是結束對話。

然而我終究是忍不住。

我記得唐泓安很喜歡唐楓，要是從他口中聽見調侃的字句，大概會非常難過吧。

「他只是一個普通的高中男生，跟大多數的男孩子沒什麼兩樣，也沒什麼『讓人印象深刻』這種事。」

「是嘛。」

「我該回家了。」

沒等他反應我就迅速的展開移動，每往前踏一步我心底的答案就越加清晰，對於關於唐泓安的一切，我給出的在乎超出了我能掌握的部分。

唐泓安的一切我都在乎。

陳雯是這麼說的。說不定我會一步步踩上陳雯走過的路途，即便一再得到殘忍的拒絕也不斷的試圖靠近，即使曾經轉身逃離過，卻總是一再折返，不過就是因為他在那裡。

「我怎麼開始有一種才剛發現喜歡就進入戀愛悲劇的預感呢……」

喜歡。

我摀住嘴，瞪大雙眼不知道該將視線落在何處，喜歡，這個詞彙像阿米巴原蟲般在我腦中快速的繁殖，喜歡喜歡喜歡喜歡，像觸碰到某個不能說的秘密一樣，隱約地知道與直接揭曉是徹底不同的。

可是——

喜歡卻始終是一樣的。

□

我陷入了另一波的動盪之中。

名為喜歡的漩渦毫不留情將我捲入，大量的水分滲透進我的體內，用一種無以抵抗的方式改變我的身體組成，存放在我體內百分之七十的水分，幾乎要被完全替換成百分之七十的唐泓安。

但這樣也沒變得比較聰明啊。

「微微妳又怎麼了？」

「沒事。」

「妳最近很奇怪。」

「我倒是覺得整個世界都變奇怪了。」

「真的沒事嗎？」

「有些事情已經超越了『有沒有事』的層次了。」我的右手食指有一搭沒一搭的捲著髮尾，視線又默默飄往唐泓安的身上，「而是更富有哲學性，關於整個世界組成徹底改變的問題。」

詩晴一臉納悶地盯著我瞧，我聳了聳肩表示沒辦法很好的解釋。

不過簡單來說，就只是「採取的角度不同，所看見的世界便會展現截然不同的模樣」，但假使用如此淺顯的表現法，她必然會追問「是哪邊的角度改了」，我總不能回答「因為有了喜歡的人」吧。

我不想提高漩渦的轉速。

更加不希望一份喜歡裡頭放進太多人。

輾轉反側了一夜，我逼迫自己好好整理狀況並且下定決心要讓所有混亂逐步歸於平靜，無論我是不是會走上和陳雯一樣佈滿荊棘的路途，在面對唐泓安之前，首先必須讓另外一個人不要碰觸到更多棘刺了。

我似乎有些明白唐泓安的溫柔了。

輕輕進行著深呼吸，扯著背帶我緩步走往校門口，這些日子以來程祐嘉總是掛著笑等在那裡，接著用非常自然的姿態走到我的身側，彷彿那個位置是屬於他的，我一直沒有積極的阻止，或許也真的一點一點讓人誤以為他擁有了那個位置。

這是我的錯。

而錯誤，是必須被修正並且彌補的。

「微微。」

他用著一如往常的明快輕聲喊著我的名字，抬起頭時我卻透過他的身影瞥見倚靠在不遠處圍牆邊的唐泓安。

唐泓安側過頭，視線恰好迎上我的，儘管看不清他的表情，我卻有一種他正在等我的直覺。

「怎麼了嗎？」

「沒有。」

低下頭我旋身轉向回途的方向，事情必須照順序來，我能應付來的程度也就這麼多了，現在的我還沒醞釀好足夠的堅定面對唐泓安；我明白一個人的堅定不會憑空建築起來，必須透過一個又一個的選擇，以及一次又一次的面對來加深心中的堅定與勇氣。

所以不能夠逃避。

「我有話想對你說。」

「想跟我說什麼？」

停下腳步我抬頭望向他，極其認真的，我很清楚他的喜歡不是輕率的感情，因此我更必須慎重的對待。

微風輕輕吹撫過我的臉頰，我感覺自己的髮梢正安靜的晃動，或許一個人的動搖也時常是如此安靜而不張揚的，在我眼中始終是爽颯清朗的程祐嘉，我卻察覺他那雙藏匿在身側不自覺握緊的手。

「那我就直白的說了。」

「微微……」他似乎想說些什麼，又彷彿試圖打斷我，卻搖了頭，揚起淺笑溫柔的望著我。

「對不起。」

我說。

程祐嘉的唇張了又閉起。

「自從你說了喜歡我之後，我一直沒有好好面對這件事，我有點不知所措，也有點消極，以為你的喜歡會隨著時間自然而然的熄滅，但我想，那只是我拿來合理逃避的藉口。」陳雯這個鮮明的存在擺在我的心裡，我卻仍然以此說服自己，只要稍微一想，就能指出自己的荒謬。「沒能好好面對你這件事，我應該道歉。」

程祐嘉的笑斂了下來，即使還沒遞出拒絕，這段話卻已經給了答案。

「只是，對於你的喜歡，我給不了任何你想要的。」

「該道歉的應該是我才對。」他的唇邊泛開一抹複雜的弧度，「我能感覺到妳的尷尬，雖然沒有直截了當的拒絕，但我是知道的，妳一直想辦法委婉的拉開距離，我也有感覺到妳在學校總會躲著我，可是我卻選擇無視這一切，告訴自己只要慢慢努力，說不定就能慢慢的靠近妳，但這些，應該讓妳很困擾吧。」

我點了頭，又搖了頭。

「這些話由我來說大概很奇怪，但是我覺得你所做的努力沒有錯，喜歡一個人說不定就是這樣，只要還有餘地就想抓住那些可能。」我直直地望進他的雙眼，那之中，有我的倒映，「從前我不明白這一點，甚至覺得這些人很笨，為什麼要在明知得不到回應的人身上花那麼多力氣，但現在我理解了，雖然是傻，但那也許就是喜歡的模樣吧。」

「妳……有喜歡的人了嗎？」

「嗯。但剛才我對你說的話，都是在只考慮你的喜歡的狀況下回應的，把不同人的喜歡混在一起，我覺得很過分，我不希望被這樣對待，也不會這樣對待你。」

「微微妳真的是很溫柔的一個人呢。」

這不是溫柔的問題。

是禮貌問題。因為對方眼裡只有妳一個人，無論是接受或者拒絕，給出答案時都必須一樣只看著對方。

「程祐嘉，我姊姊說，喜不喜歡一個人不是因為對方有多好，而是兩個人之間有沒有一份湊巧，我不是想安慰你，也不是想裝好人，但在我心中，你一直是一個很好的人，只是，我的喜歡已經給了另一個人了。」

無論你再好，我的喜歡也還是給了唐泓安。

「謝謝妳願意對我說這些話。」程祐嘉像是要將肺腔裡的空氣悉數擠出般吁了口氣，「雖然有點難過，不過很踏實，謝謝妳這麼認真的給我答案，其實有一點開心，因為我的喜歡是被妳好好對待的。真是複雜的心情，又難過又開心的。」

我不小心笑了出來。

察覺到不太合適下意識摀住了嘴，結果卻換成他開始大笑。

「感覺好像稍微跟妳靠近一點了呢。」他笑著調侃自己，「雖然是在被拒絕之後。」

「我們應該可以變成朋友。」偏著頭我故意的補充，「等你不喜歡我之後。」

他點了點頭，話說開之後的確踏實許多，當初閃躲藏匿的感情也能當作笑談隨意的提起，也或許唯有如此，人才能真正走過那段感情。

「那可能需要一點時間，所以今天就讓我送妳回家吧。」

「嗯。」

於是我和他再度拾起腳步往前走去，一步一步，我想，總有一天彼此都會抵達自己期盼的終點吧。

□

一份暫時擱置在我掌心的感情落地之後，我以為迎來的會是踏實的安心感，確實，我曾感受到安全降落的放鬆，卻比我預想的更加短暫匆促。

具體量化來說，大概只有十八個小時左右。

午休鐘聲一響起，我認命地拿起掃把拖著腳步移動到外掃區域，和我一起值日的男生必須參加社團，所以我們說好我把落葉掃成堆，他會趕來打包扔掉。他提議的時候一臉不好意思，但我覺得挺好的，我本來就不太擅長和不熟的人相處，自己安安靜靜地掃地反而更適合我。

然而，地才掃到一半，一雙腳就踩進我的視野中，由下往上抬起眼，我的手忍不住將掃把握得更緊，眨了兩下眼，想扯開笑卻發覺自己的臉部肌肉僵硬到無法動彈，只能愣愣地凝望眼前的人。

被我放進喜歡裡的少年。

我突然想起昨天在校門口的他，說不定真的是在等我。

當然我非常想好好面對他，然而「想」與實際上能不能做到完全是兩回事，而現在的我凝聚的勇氣連百分之五十都不到，要現在的我面對唐泓安，簡直是越級打怪的概念。

「有、有什麼事嗎？」

「為什麼躲我？」

我愣了下，咬著唇不安地望著他，上次他也問我一樣的問題，而我卻給了類似「我與你沒什麼關係」的傷人答案；我想我該慶幸，唐泓安願意主動再給我一次機會，這麼一想，我的表情也緩和了些。

「大概是碰巧吧。」

「碰巧？」看樣子他完全不打算含糊帶過，我對他多少還是有一點了解的，沒有掌握實際的證據他不會如此肯定的詰問。「要我算一下有多少次妳突然往另一邊跑嗎？還是要舉例妳刻意跟其他人換組或者換位置，就因為我會坐在妳附近？」

看吧。

唐泓安不是好應付的那種類型。

我也很委屈啊，起初躲著是由於害怕而不敢面對，察覺自己心情後也沒好轉，我的身上簡直像被人偷偷安裝唐泓安偵測機一樣，比誰都還早發現他的存在，對於他的反應也比任何人都來得劇烈，偵測機不就是這樣嗎？明明是自己設定搜尋的目標，然而越是靠近就越是歇斯底里的發出刺耳聲響，當然偵測機目的是為了告訴所有人「這裡這裡要找的東西就在這裡啊」，但這從來就不是我的目的啊。

至少無論如何我都不希望唐泓安得知我的喜歡是藉由「哪個人說」。

「我現在不就好好站在這裡跟你說話了嗎？」

「雖然妳有點笨，但還不算太笨，這裡就我和妳兩個人，妳能不好好跟我說話嗎？」

喜歡上聰明的男孩壞處就在這裡體現。

我的思緒流轉了一圈，雖然很緊張又很怕自己忍不住拔腿逃跑，但逼著自己面對唐泓安還是有好處的，至少現在的我對於喜歡他這件事坦率了不少；儘管只是對我自己坦率，但人總是需要第一步嘛。

「為什麼躲我？」

唐泓安又繞回最初也是最尖銳的問題。

我的手抖了一下，因為喜歡你啊，理智線斷了才會這樣回答，但問題在於，那的的確確是正解啊。

果然人生不是件簡單的事，說實話不行，說謊話立刻就被拆穿，對方還擺明不接受模糊狀態，一條條路都被封死了，又不能逃跑因為他手一撈就逮住我了，況且說不定我這次一跑，他就再也不給我機會了……思來想去，無限可能中居然沒有一個選項堪用。

總之先否認再說。

「我沒有……」如果語氣不要這麼心虛就更好了。

已經站得夠近的唐泓安又往前踏了一步，近到讓人不得不承受一股壓迫，我不自覺想往後退，卻在動作之前先一步被他抓住手臂，動彈不得。

「怎麼，是聽了朋友的話，發現跟我有關係很丟臉，所以才這樣嗎？」

什麼意思？

我有些呆愣地蹙起眉，隔了幾秒才意識到他提的是先前詩晴在美術教室裡說的那些話，確實，縱使我當場反駁了她，但沒過多久就採取躲避策略，摸不著頭緒的他當然會有所聯想；不過想想，也是忍不住替他反駁。從那一刻起，我才不得不面對內心的動搖，因果關係是有的，雖然方向完全不對。

「我才沒有覺得丟臉，我只是、只是——」

「只是什麼？」

「我——」

就說了沒辦法回答實話啊！

要不是我和他之間的氣氛實在過於緊繃，我差點都想踹他一腳、扯著他的耳朵大喊「能不能對敏感多愁的少女多一點體諒啊」。

不行，繼續下去說不定我的理智線就會斷裂，一旦失去理智我八成會不管不顧的將所有的感情和壓抑的情緒宣洩出來，我將可憐的掃把捏得更緊，默默進行深呼吸，冷靜，一再告誡自己必須冷靜。

「『關於他我沒什麼好說的』。妳不是這樣告訴唐楓嗎？」

「你怎麼——」怎麼會知道？

「如果別人問起的是程祐嘉或是唐楓妳還會給出這種答案嗎？」

他絲毫不給我喘息空間，問題一層比一層更加尖銳，我甚至無暇考慮「為什麼我和唐楓的對話他會知道」，也來不及思索「為什麼他要提起程祐嘉」，一股慌亂從心底竄出，我不希望他誤會，不提起他是因為唐楓用一種想聊八卦的態度啊，他又不是用來讓人談笑的話題，只是一想到他對唐楓的喜歡我就只能緊抿著唇，焦急的找尋合適的解釋。

只是我的沉默大概被他解讀為默認了。

「如果是唐楓就不會這樣了吧。」

「你在說什麼啊……」

唐泓安散發的氣氛有些難過又有些無力，他安靜地望著我，此刻的凝滯緊緊揪住我的心臟，劇烈的疼痛感攫獲我的感官，我忽然想著，看似不在乎他人，又看似無比堅強的他，說不定這樣都和我的溫柔一樣都是種扮演。

我的扮演不過是在追求一種理想的樣態，然而他的扮演，或許是在藏匿自己的疼痛。

「不是這樣的，你就是你啊，跟唐楓跟任何人都沒有關係啊！」

「既然如此為什麼要躲我？」

問題又回到原點。

有一種狀況便是如此，最核心的結沒有解開，人的心思便無法落地，假使我是唐泓安，說不定會比他更聽不進我給的那些帶有規避意味的回答。

可我該怎麼辦？

我不安地瞅著他，來來回回巡視著適切的答案，這裡沒有，那裡也沒有，其實我是明白的，除了正面回答以外的答案他都不會接受。

認錯吧。

把能說的都說了還是比較誠懇一點吧。

「我是有一點躲你的意思，但不是因為覺得你不好，是我的問題，是我有些事情沒想通，在那之前——」

我覺得我很誠懇，也把「能說的部分」都乾脆說出來了，然而卻沒有考慮到唐泓安聽見這些話可能產生的誤解，往後我回想起來總是非常不甘心，長久以來我追求的溫柔可人形象，與不傷人的各類說話法，竟在這一刻深深刺激了唐泓安。

依照往例的意思翻譯起來，在他耳邊迴響的大概變成了「我是在躲你，因為原因會傷害到你所以我才不願意說，又因為要照顧你的自尊所以就當作是我的個人問題吧，你不要在意，把這些當成我的問題就好，在我想通之前你還是不要再跟我來往比較好」。

理所當然會將他逼到失控。

「葉微微，不要跟我說這種迂迂繞繞的話——」

「鐘聲響了，我們晚一點再說好不好？稍微冷靜一點……」

「如果是唐楓就可以了嗎？」

又來一次？

我好想踹他兩腳大吼「這跟唐不唐楓一點關係也沒有」，但瞥見他無奈又有些難過的表情我的心就落了下來，哥哥說過，有一種人的鑽牛角尖是天生的，但另一種人的鑽牛角尖卻是因為他一再被相同的理由傷害。

「妳想要我當唐楓我就當唐楓吧，這樣可以了吧？」

「唐泓安你到底在說什麼啦！」

他突然一把扯掉自己的眼鏡，手一甩具有重量感的眼鏡硬生生摔碎在地，我往後退了一小步，有些心疼又有些害怕，唐泓安接著用力將總是以雜亂的方式遮掩住面容的瀏海往後撥，露出一張誰也不會想像到的臉龐。

「我沒有想過自己會失控到這種程度，但瘋了就瘋了吧，如果妳喜歡這張臉就用這張臉吧，要當唐楓就當吧，這樣、可以了嗎？」

問題就不在唐不唐楓啊！

我確實心疼他背負的傷痕，這不代表我能任由他扭曲我的感情，我才不在乎長不長相，我在乎的從來就只有唐泓安這個存在，否則我根本就不會喜歡上他，喜歡到讓自己的腦袋整天處於亂七八糟的狀態！

要比委屈我才委屈吧！

想到這裡我的理智線華麗的斷了，我失控地踹了他一腳，他吃痛的不住往後退，氣憤地瞪視著他，壓抑在內心深處的情緒彷彿達到沸點的汽笛尖聲的爆發出來。

「什麼唐楓的我根本不在乎，就算全世界都喜歡唐楓也跟我一點關係也沒有，我滿腦子想的都是唐泓安，一看到你就不知道該怎麼辦，除了跑我還能怎麼樣？」

世界像被按下了暫停鍵般定格在這一剎，他一動也不動地盯著我看，我也一動也不動地盯著他看。

我說了什麼？

三秒鐘前從我口中滑出的激昂話語像一把把迴旋鏢從遠方勾出一道弧度再度射回我的心臟，如果以視覺化來比喻，此刻的我就像站在空曠草原正中央承受著一次又一次的攻擊。

如果旁邊有水池我絕對會往下跳。

但人生沒那麼多如果，我眼睜睜地看著唐泓安回過神，又眼睜睜地看著他朝我走來，最後有些不可置信地伸出雙手抓住我的左右手臂。

「妳剛剛說什麼？」

「沒有。」我無比快速而堅定的否認，「我什麼都沒說。」

「我聽見了。」

「人總是會有產生幻覺的時刻，就像剛剛我一度看見唐楓站在我面前，而這是不可能——」

等等。

我小心翼翼伸出食指將他的瀏海撥開，他的臉龐就像一幅慢慢被揭開的畫，卻不是我能消化的內容，於是移動到一半我就收回了手，又發愣了一段時間才理解現實，後知後覺到足以被列為黑歷史的程度。

「你、你是唐楓？」

「我剛剛說了。」他又補了一刀，「還給妳看了。」

不行，這超出我的負荷，這些日子我從事的努力著重於「面對唐泓安」而不是「面對是唐楓的唐泓安」，方才斷裂的理智線慢慢地被修補起來，我才意識到自己所處的艱困處境。

我喜歡唐泓安這件事被他知道了，也就是說，在他眼裡我已經被貼上「喜歡我的傢伙」的標籤……

以他的性格，大概會快刀斬亂麻果斷爽快的拒絕吧。

我還沒做好被拒絕的心理準備，在那之前，雖然逃跑很可恥但不逃會更可恥——

要逃跑就必須製造空隙，所幸此刻唐泓安暴露出了一個致命的防禦缺口，俗話說得好，敵人的漏洞就是我們的機會！

「所以你一直在騙我？」

「我……」

他抓住我的手猛然僵住，看來我的確踩住了他的尾巴，趁他還在思索如何解釋，我伸手大力抵上他的胸口將他往後推，在他反應過來之前，我飛快地轉身逃離現場。

顧不得蹺課還囂張的在走廊奔跑這件事，我以燃燒生命的姿態逕直奔進洗手間，砰的關起門將自己鎖在裡面，我大口大口的喘息，分不清自己指尖的顫抖是由於奔跑或者唐泓安，虛脫感一點一點奪走我僅剩的力氣，我感覺頭有些發脹，抬起手貼上額頭卻傳來預期外的熱燙，不知為何我居然有點想笑。

果然用腦過度會讓腦袋過熱。

真是一點都不浪漫的念頭。

□

躺在床上抱著兔子玩偶我無聊地盯著天花板，偶爾左右滾個兩圈，但無論是哪一個動作，漂浮在我腦中的思緒都一樣，無論從哪件事物作為起點，都會在途中岔開再度踏上通往唐泓安的路途。

條條大路通唐泓安。

果然戀愛會徹底改變一個人的人生方向。

「接下來該怎麼辦才好……」

那天發現自己額頭發燙，我第一時間打了電話給哥哥，用可憐兮兮的口吻讓他接我回家，又拜託詩晴替我收拾書包拿到校門口，我用剩餘的力氣和腦力成功施行了「完美規避唐泓安」計畫，更慶幸接下來兩天是週末，但我也清楚唐泓安八成會採取因應措施，說不定星期一一大早就堵在校門口準備拒絕我。

越想越可能。

早知道當初應該跟陳雯打好關係，這樣我就有互相療傷的同伴了，不過我這種心態要不得，據說她可以一個打五個，萬一激怒她就慘了。

「轉學吧。」我扯著兔子玩偶的耳朵，「嗯，不然在家自學也可以，我有學霸姊姊和學霸哥哥何必還去學校呢？」

這兩天我想的都是這些亂七八糟的事。

打了個呵欠，坐起身我轉了轉肩膀，視線在房間內掃過一圈設法找點事來轉移注意力，戀愛漫畫會想到唐泓安，一開電腦就會手賤去搜尋唐楓，客廳電視搶不過姊姊，零食又因為在休養而被哥哥全部沒收，一個少女的假日怎麼會如此的無趣呢？

正在我苦惱如何排解無聊之際房門猛然被撞開，姊姊瞪大漂亮的雙眼一副要吃掉我的模樣死命地瞪著我。

「為、為什麼這樣看我？」

「有人來找妳。」

「誰？」我伸了個懶腰，意興闌珊的下了床，八成是劇情正精采就被訪客打斷，不過我是病人，葉家的規矩是病人最大，「詩晴嗎？」

「唐楓。」

「妳說誰？」我的聲音拉高了不止八度，看著姊姊開始拚命搖晃著腦袋，「我不認識他，完全不認識，妳不能讓陌生人踏進家門，絕對不可以。」

「我已經讓他進來了。」

「請他出去，就、就說我睡了，而且是叫不醒的那一種。」

姊姊沒有理我，再度粗暴地甩上門，我無比忐忑的來回踱步，再怎麼說她終究是個稱職的姊姊，而一個稱職的姊姊當然不會逼迫妹妹和來路不明的陌生人見面，所以——

唐楓旁若無人地打開我的房門走了進來，又十分愜意地將門關上。

什麼？

葉曼青妳難道都不怕自己的妹妹被欺負嗎？

我一步一步往後退，可惜房間很小，沒幾步我的背就撞上了牆壁，我所讀過的諸多少女漫畫告訴我，當一個少女被逼到牆邊，不是被女二霸凌，就是被男一吃豆腐。

唐泓安沒兩步就站在我的面前，雙手一伸輕輕鬆鬆就把我箝制在他的胸前，我的手不知道該擺在哪個位置，只能無措地扯著衣服下襬，視線固定在他胸口的釦子上頭。

難道他拒絕我的心急切到等不了星期一嗎？

也對，換作是我也不希望身旁出現第二個難纏的陳雯，陳雯很好，我覺得自己也挺好的，但好不好跟是不是自己所要的完全無關。

「妳要繼續這樣躲著我多久？」

「我、我沒有啊。」

「那妳現在為什麼不看我？」

「我覺得釦子比你好看不行嗎？」

「葉微微，我都特地來了妳要繼續這樣下去嗎？」

「是我讓你來的嗎？」

唐泓安很明顯地嘆了口氣，溫熱的氣息輕輕撫過我的額頭，差一點讓我以為好不容易退卻的燒又再度復發。

癟起嘴我有些委屈，好歹我也是個病人，要拒絕不能等我復原嗎？還說是朋友，就連這點程度的體諒都不肯給我……但轉念一想，他說過，為了不讓對方身上的傷口更加惡化，所以必須果斷地阻止，說不定正是因為把我當作朋友才要盡可能快地讓我死心。

我的初戀還真短暫。

「你要說什麼就快點說一說啦，拒絕什麼的，不要想要什麼結果之類的，如果把我當朋友就說得委婉一點，最好先誇一下我，例如『妳是個很好的女孩子』這類的……」

「葉微微——」

「等、等一下，讓我再做一下心理準備。」

唐泓安輕輕捏住我的下巴，施力強迫我抬頭迎上他的視線，望著唐楓精緻的臉龐，一股微妙的陌生與熟悉交疊著，心底突然湧生奇異的抗拒感，憑什麼我要讓唐楓拒絕？但唐楓就是唐泓安啊，好吧，至少我可以當作不是唐泓安在拒絕我。

「我什麼時候說要拒絕妳了？」

「那你來做什麼？」我的眼珠轉了兩圈，在有限的範圍內認可的點了頭，「來探病啊，畢竟我是妳唯一的朋友，好吧，既然如此——」

「既然如此」這四個字真的不要隨便說出口。

他毫無預警地低下頭，溫熱而柔軟的唇貼上我的，鼻尖縈繞著屬於他的溫度與氣味，我的心臟更失控般的加速跳動，瞪大雙眼不可置信的看著近到太過模糊的畫面，腦袋突然一片空白，只剩下唇畔的異樣感。

我被吻了嗎？

伸手猛然將他推開，直覺給了他一巴掌，響亮的聲響迴盪在房間內，他白皙的臉頰緩慢泛起紅暈，我錯愕地來回看著自己的手掌與他左臉頰的痕跡，一時間理解不了自己做了什麼。

「直、直覺反應……你以後還是用唐泓安的樣子吧，我覺得你現在有點像另一個人，所以有點不太能接受……等一下，你剛剛對我做了什麼？你你你、你離我遠一點！敢靠過來一公分，我就要大叫囉。」

他摸著臉頰有些無奈地笑了。

「在唐楓跟唐泓安之間妳居然選唐泓安，妳的喜好滿特別的。」

「要你管！」

「嗯，我不管，無論妳喜歡唐泓安或者唐楓，我都可以成為那個人。」

我的臉好燙。

唐泓安的意思是我理解的那個意思對吧？

但為了避免誤會，我還是決定勇敢的確認一下。

「你……喜歡我嗎？」

「嗯。」

「『嗯』什麼啦？」

「我要做到什麼程度妳才會覺得『我喜歡妳』？」他伸手捏了我的臉頰，「妳到底是遲鈍還是笨啊？」

「我第一次喜歡上人哪知道什麼是什麼啊……」

他似乎接受了我的說詞，意思意思的點了兩下頭，但接下來狹小的房間內旋即瀰漫著一股微妙的尷尬，慢慢地讓人感覺坐立不安，我瞄了他一眼，唐泓安依舊是一臉冷靜的表情，我拉了椅子坐下，雙手在書桌上東摸摸西摸摸，直到他打破了沉默。

「沒什麼話要問嗎？」

「要問什麼？」

「一般來說不是會問點『為什麼喜歡我』或者『為什麼要藏起唐楓身分』這些問題嗎？」

「是喔，每個人都有一兩個秘密嘛。」我乾笑了兩聲，「不過看來你已經先準備好答案了，那就說一下吧。」

「大概就是因為妳這種不在意的態度吧……」

「你說什麼？」

「沒有。」他淺淺扯了嘴角，「因為妳不在意我的外表才覺得妳可以當朋友，但後來卻開始想著，只要能留住妳，就算妳只喜歡我的外表也無所謂。」

用著雲淡風輕的口吻一下子就拋出震撼彈這樣好嗎？

我低著頭死命地盯著自己的指尖，無比害怕心臟會過度運作而突然罷工，雖然每個少女都希望聽見深情告白，但少女漫畫沒有告訴我面對深情告白也是需要耐受力的。

雖然很可惜，但為了我的生命安全著想，姑且轉移一下話題吧。

「那你為什麼不想被知道是唐楓？」

「我的身邊一直圍著很多人，但不知道從什麼時候開始我突然覺得他們只是想在我身上得到什麼，然後我做了一個實驗，暑期輔導時我換了名字換了打扮去補習班，當我主動跟朋友打招呼的時候卻被推開，哪裡來的阿宅不要擋路，我記得很清楚，他們的表情和說出口的話，連那些說著喜歡我的女孩子也用看著噁心生物的眼神看著我，我知道我不應該這樣試探自己的朋友，但我開始不相信他們所謂的真心，最後就特地選了遠一點的高中，從一開始就以唐泓安生活，就算交不到朋友至少也不會得到虛偽的感情。」

「你這是矯枉過正。」我蹋著腳皺了皺鼻子，「不過要是我，大概會更鑽牛角尖。」

「不會覺得我長得好看還在那邊矯情嗎？」

「我哥哥也曾經因為太受女生歡迎被欺負啊，而且說實話，我對唐楓沒什麼感覺啊。」

「好歹我也是唐楓，在我面前這樣說好嗎？」

「你不是不想當嗎？真麻煩。」

「是很麻煩。」唐泓安低聲地笑了出來，「但妳已經說喜歡我了。」

「我才沒有。」

「沒有嗎？」

唐泓安一把抓住我的椅子，將我拉往他的面前，更過分的是他為了箝制住我，居然用修長的雙腿包圍住我，而此刻他正坐在床沿，合理懷疑萬一我過度抵抗，他說不定會將我扔往床上……

這不是好的念頭。

「『我滿腦子想的都是唐泓安』。」他非常故意用著又輕又緩的口吻唸出這句話，唇畔泛著討人厭又勾引人的淺笑，「我的記憶力比大多數的人還要好。」

「是我說的又怎麼樣？」

「話說出口就要負責。」

「負責……？」

一回生二回熟大概指的就是唐泓安這類得寸進尺的傢伙。

他將我往前拉，熱燙的唇再度貼了上來，這次他很聰明的抓住我的左右手，在我認命閉上雙眼之後又加深了吻。

「微微——」

我頓時驚醒無措地將他推開，完全不敢看向站在門邊的姊姊，一把扯過被子整個人藏在床邊，拒絕面對這個世界。

世界就讓唐泓安去面對吧。

「呃、我只是想問你們需不需要喝點飲料，看來是不太需要……」

「我差不多該回去了。」

「不用急啊，反正微微一個人也很無聊。」

「生病還是好好休息比較好。」唐泓安非常有禮貌地說著，「我今天打擾微微太久了一點。」

他的聲音落下後我聽見往外移動的腳步聲，接著門被輕緩的帶上，我完全失去力氣癱軟在地，右手不自覺撫上唇畔，有些恍惚也有些不敢置信，假使不是唇邊殘留的熱如此明顯，或許我真的會當作是一場白日夢。

我喜歡他而他也喜歡我。

幸運得簡直像夢一樣。

□

世界又換了一種樣貌。

這幾天我只要一恍神就會吃吃地笑出來，知道實情的姊姊總是會不耐煩的嘖了聲，哥哥則是擔心我腦袋燒壞，唯一沒發表意見的是還不能消化「葉微微和唐泓安」

被綁在一起的詩晴。

我跟唐泓安的相處模式沒有太大改變，為了讓我擁有安靜的校園生活，他既不會到家門口接我上學，也不會送我回家，平時說話也一樣毒舌又冷淡；但他會面無表情地遞給我特別整理的筆記，或是狀似無意地替我將亂掉的頭髮撥順，他的每個動作儘管微小卻能深深滲入心底，對於不追求轟轟烈烈的我而言，唐泓安所做的一切都恰如其分。

我以為日子便會這麼平靜的過下去。

直到陳雯再度旁若無人地闖進教室走到唐泓安面前那一瞬間。

是啊，我差點忘了還有一個打不死的陳雯。

「我有話對你說。」

唐泓安望了陳雯一眼，我瞇起眼仔細地注視正在上演的劇情，而陳雯忽然轉了眼神有些挑釁的瞄了我一眼，她絕對是故意的，仗勢著「前女友」的身分胡作非為，前陣子還放話她不打算放棄唐泓安。

「能說的我都說完了。」

「那麼聽我說也可以。」

當然不可以！

那傢伙現在可是我的，我、的，定冠詞不懂嗎？而且我兩天前才委婉地向她表示「希望她留給我和唐泓安平靜的生活」，當時她高傲地轉身就走，我還以為她只是為了保護自尊心，卻沒想到在她眼裡自尊心根本不值錢。

「我說過我還不打算放棄。」

「陳雯，不要鬧了。」

「我不在乎流言，你也不在乎流言，那還有誰會在乎你跟我的流言嗎？」

她擺明就是針對我。

敵在明我在暗，她採取的策略確實足以讓我的鬱悶飆破量表，姊姊說過，人最擅長的就是得寸進尺，我忍一步她就會逼近兩步，況且即使只是流言，我也不想把唐泓安讓給任何人。

刷的一聲我站起身，集中在陳雯和唐泓安身上的視線頓時移到我的行動上，唐泓安隱隱向我搖了搖頭，我知道他是為了保護我，但感情是兩個人的事，我不能讓他獨自背負所有的重量。

當然重點是我實在不爽到了極點。

「就叫妳不要再來亂了。」

「妳憑什麼這麼對我說？」

我往右踩了一步，阻擋住她和唐泓安，儘管我理解她，卻不打算縱容她。

喜歡上一個人之後我才明白，無論我平時多麼大方，多麼不在乎吃點小虧，只要同樣的事情擺進喜歡裡頭，我就連一粒沙子都不願意送給別人。

「唐泓安已經是我的了，請妳不要再來找他了。」

「是嘛。」陳雯瞪了我一眼，「既然如此我就放棄吧。」

該不會她的目的只是為了公開我跟唐泓安的關係吧？

蹙起眉我審視著眼前漂亮到不可思議的女孩，或許我並不是不懂，正因為她如此喜歡唐泓安，才更希望親自確認待在他身旁的我不會傷害他。

陳雯彎下身湊近我的耳畔。

「平靜的生活就算了吧，這樣我才能平衡一點。」

「幼稚。」

陳雯無所謂地聳了聳肩，非常故意地拋給唐泓安一個眼神，「你隨時可以來找我。」

話說完她就走了。

我轉身瞪了唐泓安一眼，儘管看不清表情但八成是一臉無奈。

「禍水，說的就是你。」

他乾脆地點了頭，我還想說些什麼但下一秒鐘卻被詩晴扯了下，回頭時我才想起此刻的自己正處於視線中心，傻眼的同時我又聽見唐泓安無奈的嘆息。

一片死寂過後不知從哪一處爆出驚呼，接著我就被一群女孩團團圍住，結束了我理想的平靜生活。

我偷偷瞄了唐泓安一眼，又不自覺吃吃笑了出來，流言就流言吧，至少每個人都知道唐泓安是葉微微的了。

「微微妳為什麼會喜歡上唐泓安啊？」

「因為唐泓安就是唐泓安。」

理由就只是這樣而已。

□

之後

流傳在學生口中最歷久不衰也最充滿謎團的流言就是唐泓安、陳雯，以及葉微微三個人之間的緋聞了。

為了強調這則流言的震撼度，每個學長姊在對新生說明時總會先鉅細靡遺的說明每個人的特色：

「唐泓安是年級成績最好的資優生，不要以為是學生會長型的帥氣王子，完全相反，他是被女生排除在戀愛對象外的理科宅，還是特別喜歡生物和昆蟲的那一種。」

「陳雯是這所學校有史以來最漂亮的女孩子，不說絕對會以為她是哪個明星，更厲害的是她擅長武術，據說曾經一個人打倒五個想欺負她的混混學長。」

「葉微微就普通很多了，但認真說起來也不是很常見的類型，就是那種脾氣莫名的好，人超級溫柔的學藝股長型療癒系女生。」

三個截然不同、無論從什麼角度考慮都不會把彼此串起來的人卻陷入糾葛難解的三角戀情裡頭，當然，愛情是盲目又缺乏理性的，然而一個理科宅讓兩個搶手的女孩子相互爭奪實在太過令人費解。

「所以那兩個女生做了什麼嗎？」

「女神一樣的陳雯居然一再被拒絕之後還堅持不放棄，甚至公開放話給唐泓安說他隨時都可以去找她。」

「另一個呢？」

「溫柔到讓人以為完全沒有脾氣的葉微微居然當眾對著陳雯說『唐泓安是我的』！聽我姊說，這簡直可以被列進七大不可思議之一。」

「聽起來很有趣呢。」

「當然，新生最重要的就是要掌握學校的傳說，才能好好的融入這裡。」男孩擺出老成的姿態巡視著底下認真聽著八卦的新生們，最後視線落在方才接話的女孩子上，「不過，妳是哪班的啊，昨天沒看過妳啊。」

「我不是新生。」

「不是新生？那妳是隔壁班的嗎？」

女孩搖了搖頭，突然抬起手對不遠處的某道身影揮了揮手，男孩好奇地轉身，卻驚愕地發現走來的是女神般存在的陳雯學姊。

漂亮到讓人屏息的陳雯輕嘖了聲。

「不要一副我跟妳感情很好的樣子。」

「整間學校裡脾氣好到能包容妳的也只有我了。」

「這種話妳還真敢說。」

女孩裝傻地露出甜美的微笑，她似乎打算忘記自己三不五時就試圖偷襲陳雯，還為了提升實力而拜陳雯爸爸為師，特別是在得知唐泓安也是陳雯爸爸學生之後，她更是在每次唐泓安上道館時準時報到。

和陳雯打著打著，關係也就越來越微妙了。

「走吧。」

「不要講得好像我們是一起的一樣。」

「反正順路啊。」女孩回頭向男孩揮了揮手，「故事滿有趣的，下次有機會再聽你說。」

男孩看著逐漸遠去的兩道身影，女神陳雯和另一個非常溫柔的漂亮女生，他心中突然產生一個很可怕的假設，該不會、他剛剛在本人面前滔滔不絕說了關於她的八卦吧？

不過，微微學姊還真是溫柔呢。

不知為何，男孩突然羨慕起唐泓安學長，又再度感受到這世界果然是無比玄幻。

後記

之一

我希望能寫一個接近少女漫畫風格的故事。

聽起來並不怎麼難，但對於缺乏少女心的我而言卻是極大的挑戰，創作時故事的進展並沒有太大的阻礙，然而我卻三不五時湧生一股濃濃的無力感，結果到最後總是一口氣寫上幾萬字，又拒絕面對好幾天，來來回回幾次、在距離截稿日已經有些遙遠的某一天，我終於畫下故事的句點。

對我而言這篇故事稱得上一種磨練，可能也和過去的故事有著些許的不同，但我希望如此的差異能讓長久以來支持我的讀者們能從中得到某些新的元素，無論怎麼說，至少能彌補一些過去我不太能給予的玫瑰色氛圍。

然而，我想 Sophia 終究是 Sophia，這點是不會改變的。

之二

「所謂的真實究竟是什麼模樣呢？」

故事或許便是以這個問號作為起點浮現在我的腦中，透過截然不同的四個角色來尋找可能的答案——

葉微微：費盡心思塑造出溫柔氣質的模樣，她從不否認自己的做作，甚至認為做作是一種對理想模樣的追求，而「做作的葉微微」同樣是她，更直接來說，不做作的葉微微就不是葉微微了。

唐泓安：帥氣又資優的王子型男孩，能夠隨心所欲享受玫瑰色校園生活的他卻刻意將自己打理成亂七八糟的理科宅，雖然沒被排擠卻也沒多少人想靠近，對他而言人總是會被外表迷惑，而他認為唯有內心才是真實。

陳雯：女神般的存在，從不遮掩自己的一切，直截了當的言行舉止，想說什麼就說、想做什麼就做，不在乎他人眼光，因為她認為真實就是毫不修飾的模樣。

三個角色都抱持著自己對「真實」的信念，這之間並沒有對錯，單純是個人的選擇，而程祐嘉在其中大概扮演著「普通人」的身分，偶爾會藏匿自己的感情，又會在猶豫之後下定決心，雖然很爽朗溫柔，卻也會在感情動搖時採取自己判斷之外的舉動；在描寫這四個角色時，我也會不斷的變換立場進行思索，冀望能得到一個屬於我自己的答案。

當然，我極其盼望故事中的某個角色也能帶給讀者些許觸動，即使只有細微的那麼一點點，對我而言也已經太過足夠了。

Sophia

聽說，我喜歡你

Because of you

Sophia
作品集 10

國家圖書館出版品預行編目資料
聽說，他喜歡妳 ／Sophia 著.
—初版.—臺北市：春天出版國際, 2017.11
面；公分.—（Sophia作品集；10）
ISBN 978-986-95429-6-8（平裝）
857.7　　　　106016466

ISBN 978-986-95429-6-8
Printed in Taiwan

作　者　　Sophia
總編輯　　莊宜勳
企劃主編　鍾靈
責任編輯　黃郁潔、牛世竣
封面設計　三石設計

出版者　　春天出版國際文化有限公司
地　址　　台北市信義區信義路四段458號3樓
電　話　　02-7718-0898
傳　真　　02-7718-2388
E－mail　frank.spring@msa.hinet.net
網　址　　http://www.bookspring.com.tw
部落格　　http://blog.pixnet.net/bookspring
郵政帳號　19705538
戶　名　　春天出版國際文化有限公司
法律顧問　蕭顯忠律師事務所
出版日期　二〇一七年十一月初版
　　　　　二〇一九年八月初版十七刷
定　價　　180元

總經銷　　楨德圖書事業有限公司
地　址　　新北市新店區寶興路45巷6弄6號5樓
電　話　　02-8919-3186
傳　真　　02-8914-5524